Tome 1
La délivrance de Christabel

© 2010 Les Éditeurs réunis (LÉR).

Illustration de la couverture : Sybiline

Les Éditeurs réunis bénéficient du soutien financier de la SODEC
et du Programme de crédits d'impôt du gouvernement du Québec.

Nous remercions le Conseil des Arts du Canada
de l'aide accordée à notre programme de publication.

Édition :
LES ÉDITEURS RÉUNIS
www.lesediteursreunis.com

Distribution au Canada :
PROLOGUE
www.prologue.ca

Distribution en Europe :
DNM
www.librairieduquebec.fr

Imprimé au Québec (Canada)

Dépôt légal : 2010
Bibliothèque et Archives nationales du Québec
Bibliothèque nationale du Canada

LES CHRONIQUES DE

ROBIN HOOD

D'après l'œuvre d'Alexandre Dumas

Tome 1
La délivrance de Christabel

LER
LES ÉDITEURS RÉUNIS

Dans la série
LES CHRONIQUES DE ROBIN HOOD

I

C'était sous le règne de Henri II et en l'an de grâce 1162 : deux voyageurs, aux vêtements souillés par une longue route et aux traits exténués par une longue fatigue, traversaient un soir les sentiers étroits de la forêt de Sherwood, dans le comté de Nottingham.

L'air était froid ; les arbres, sur lesquels commençait à poindre la faible verdure de mars, frissonnaient au souffle des dernières bises de l'hiver, et un sombre brouillard s'épanchait sur la contrée à mesure que les rayonnements du soleil couchant s'éteignaient dans les nuages empourprés de l'horizon. Bientôt le ciel devint obscur, et des rafales passant sur la forêt présagèrent une nuit orageuse.

— Ritson, dit le plus âgé des voyageurs en s'enveloppant dans son manteau, le vent redouble de violence ; ne crains-tu pas que l'orage nous surprenne avant notre arrivée, et sommes-nous bien sur la bonne route ?

— Nous allons droit au but, milord, répondit Ritson, et, si ma mémoire n'est pas en défaut, nous frapperons avant une heure à la porte du garde forestier.

Les deux inconnus marchèrent en silence pendant trois quarts d'heure, et le voyageur que son compagnon gratifiait de milord s'écria impatienté :

— Arriverons-nous bientôt ?

— Dans dix minutes, milord.

— Bien, mais ce garde forestier, cet homme que tu appelles Head, est-il digne de ma confiance ?

— Parfaitement digne, milord ; Head, mon beau-frère, est un homme rude, franc et honnête ; il écoutera avec respect l'admirable histoire inventée par Votre Seigneurie, et il y croira ; il ne sait pas ce que c'est que le mensonge, il ne connaît même pas la méfiance. Tenez, milord, s'écria joyeusement Ritson, interrompant l'éloge du garde, regardez là-bas cette lumière dont les reflets colorent les arbres, eh bien ! elle s'échappe de la maison de Gilbert Head. Que de fois dans ma jeunesse l'ai-je saluée avec bonheur, cette étoile du foyer, quand le soir nous revenions fatigués de la chasse !

Et Ritson demeura immobile, rêveur et les yeux fixés avec attendrissement sur la lumière vacillante qui lui rappelait les souvenirs du passé.

— L'enfant dort-il ? demanda le gentil-homme, fort peu touché de l'émotion de son serviteur.

— Oui, milord, répondit Ritson, dont la figure reprit aussitôt une expression de complète indifférence, il dort profondément ; et, sur mon âme ! je ne comprends pas que Votre Seigneurie se donne tant de peine pour conserver la vie d'un petit être si nuisible à vos intérêts. Pourquoi, si vous voulez vous débarrasser à jamais de cet enfant, ne pas lui enfoncer deux pouces d'acier dans le cœur ? Je suis à vos ordres, parlez. Promettez-moi pour récompense d'écrire mon nom sur votre testament, et notre jeune dormeur ne se réveillera plus.

— Tais-toi, reprit brusquement le gentil-homme, je ne désire pas la mort de cette innocente créature. Je puis craindre d'être découvert dans l'avenir, mais je préfère les angoisses de la crainte aux remords d'un crime. Du reste, j'ai lieu d'espérer et même de croire que le mystère qui enveloppe la naissance de cet enfant ne sera jamais dévoilé. Si le contraire arrivait, ce ne pourrait être que ton ouvrage, Ritson, et je te jure que tous les instants de ma vie seront employés à une rigoureuse surveillance de tes faits et gestes. Élevé comme un paysan, cet enfant ne souffrira pas de la médiocrité de sa condition ; il s'y créera un bonheur en rapport avec ses goûts et ses habitudes, et ne regrettera jamais le nom et la fortune qu'il perd aujourd'hui sans les connaître.

— Que votre volonté soit faite, milord ! répliqua froidement Ritson ; mais en vérité la vie d'un si petit enfant ne vaut pas les fatigues d'un voyage de Huntingdonshire à Nottinghamshire.

Enfin les voyageurs mirent pied à terre devant une jolie maisonnette cachée comme un nid d'oiseau dans un massif de la forêt.

— Holà ! voisin Head, cria Ritson d'une voix joyeuse et retentissante, holà ! ouvrez vite ; la pluie tombe dru, et d'ici je vois flamboyer votre âtre. Ouvrez, bonhomme, c'est un parent qui vous demande l'hospitalité.

Les chiens grondèrent dans l'intérieur du logis, et le prudent garde répondit d'abord :

— Qui frappe ?

— Un ami.

— Quel ami ?

— Roland Ritson, votre frère. Ouvrez donc, bon Gilbert.

— Vous, Roland Ritson, de Mansfeld ?

— Oui, oui, moi-même, le frère de Marguerite. Allons, ouvrirez-vous ? ajouta Ritson impatienté ; nous causerons à table.

La porte s'ouvrit enfin, et les voyageurs entrèrent.

Gilbert Head serra cordialement la main de son beau-frère, et dit au gentilhomme en le saluant avec politesse :

— Soyez le bienvenu, messire chevalier, et ne m'accusez pas d'avoir enfreint les lois de l'hospitalité si, pendant quelques instants, j'ai tenu ma porte fermée entre vous et mon foyer. L'isolement de cette demeure et le vagabondage des hors-la-loi dans la forêt me commandent la prudence, car il ne suffit pas d'être vaillant et fort pour échapper au danger. Agréez donc mes excuses, noble étranger, et regardez ma maison comme la vôtre. Asseyez-vous au feu et séchez vos vêtements, on va s'occuper de vos montures. Holà ! Lincoln ! s'écria Gilbert entrouvrant la porte d'une chambre voisine, conduis les chevaux de ces voyageurs sous le hangar, puisque notre écurie est trop petite pour les recevoir, et qu'il ne leur manque rien : du foin plein le râtelier, et de la paille jusqu'au ventre.

Un robuste paysan vêtu en forestier parut aussitôt, traversa la salle, et sortit sans même jeter un curieux regard sur les nouveaux venus ; puis une jolie femme, de trente ans à peine, vint offrir ses deux mains et son front aux baisers de Ritson.

— Chère Marguerite ! chère sœur ! s'écriait celui-ci, redoublant ses caresses et la contemplant avec une naïve admiration mêlée de

9

surprise ; mais tu n'as pas changée, mais ton front est aussi pur, tes yeux aussi brillants, tes lèvres et tes joues aussi roses et aussi fraîches que lorsque notre bon Gilbert te faisait la cour.

— C'est que je suis heureuse, répondit Marguerite lançant à son mari un tendre regard.

— Tu peux dire : nous sommes heureux, Maggie, ajouta l'honnête forestier. Grâce à ton heureux caractère, il n'y a encore eu ni bouderie ni querelle dans notre ménage. Mais assez causé sur ce chapitre, et pensons à nos hôtes... Ça ! l'ami beau-frère, ôtez votre manteau, et vous, messire chevalier, débarrassez-vous de cette pluie qui ruisselle sur vos habits comme une rosée du matin sur les feuilles. Nous souperons ensuite. Vite, Maggie, un fagot, deux fagots dans l'âtre, sur la table les meilleurs plats et dans les lits les draps les plus blancs ; vite.

Tandis que l'alerte jeune femme obéissait à son mari, Ritson rejetait son manteau en arrière et découvrait un bel enfant enveloppé dans une mante de cachemire bleu. Ronde, fraîche et vermeille, la figure de cet enfant, âgé de quinze mois à peine, annonçait une santé parfaite et une robuste constitution.

Quand Ritson eut arrangé soigneusement les plis froissés du bonnet de ce bébé, il plaça sa jolie petite tête sous un rayon de lumière qui en faisait ressortir toute la beauté, et appela doucement sa sœur.

Marguerite accourut.

— Maggie, lui dit-il, j'ai un cadeau à te faire, et tu ne m'accuseras pas de revenir vers toi les mains vides après huit ans d'absence... Tiens, regarde ce que je t'apporte.

— Sainte Marie! s'écria la jeune femme les mains jointes, sainte Marie, un enfant! Mais, Roland, est-il à toi ce beau petit ange? Gilbert, Gilbert, viens donc voir un amour d'enfant!

— Un enfant! un enfant entre les mains de Ritson!

Et, loin de s'enthousiasmer comme sa femme, Gilbert lança un coup d'œil sévère sur son parent.

— Frère, dit le garde forestier d'un ton grave, êtes-vous donc devenu nourrisseur de marmots depuis qu'on vous a réformé comme soldat? Elle est assez bizarre, mon garçon, la fantaisie qui vous prend de courir la campagne avec un enfant sous votre manteau! Que signifie tout cela? Pourquoi venez-vous ici? Quelle est l'histoire de ce poupon? Voyons, parlez, soyez franc, je veux tout savoir.

— Cet enfant ne m'appartient pas, brave Gilbert; c'est un orphelin, et le gentilhomme que voici est son protecteur. Sa Seigneurie connaît la famille de cet ange et vous dira pourquoi nous venons ici. En attendant, bonne

Maggie, charge-toi de ce précieux fardeau qui pèse sur mon bras depuis deux jours. Je suis déjà las de mon rôle de nourrice.

Marguerite s'empara vivement du petit dormeur, le transporta dans sa chambre, le déposa sur son lit, lui couvrit les mains et le cou de baisers, l'enveloppa chaudement dans son beau mantelet de fête, et rejoignit ses hôtes.

Le souper se passa joyeusement, et, à la fin du repas, le gentilhomme dit au garde :

— L'intérêt que votre charmante femme témoigne à cet enfant me décide à vous faire une proposition relative à son bien-être futur. Mais d'abord permettez-moi de vous instruire de certaines particularités qui se rattachent à la famille, à la naissance et à la situation actuelle de ce pauvre orphelin dont je suis l'unique protecteur. Son père, ancien compagnon d'armes de ma jeunesse, passée au milieu des camps, fut mon meilleur et mon plus intime ami. Au commencement du règne de notre glorieux souverain Henri II, nous séjournâmes ensemble en France, tantôt en Normandie, tantôt en Aquitaine, tantôt en Poitou, et, après une séparation de quelques années, nous nous retrouvâmes dans le pays de Galles. Mon ami, avant de quitter la France, était devenu éperdument amoureux d'une jeune fille, l'avait épousée et conduite en Angleterre auprès de sa famille à lui. Malheureusement cette famille,

fière et orgueilleuse branche d'une maison
princière et imbue de sots préjugés, refusa
d'admettre dans son sein la jeune femme, qui
était pauvre et n'avait d'autre noblesse que
celle des sentiments. Cette injure la frappa au
cœur, et elle mourut huit jours après avoir mis
au monde l'enfant que nous voulons confier à
vos bons soins, et qui n'a plus de père, car mon
pauvre ami tombait blessé à mort dans un
combat en Normandie, voilà bientôt dix mois.
Les dernières pensées de mon ami mourant
furent pour son fils ; il me manda près de lui,
me donna à la hâte le nom et l'adresse de la
nourrice de l'enfant, et me fit jurer au nom de
notre vieille amitié de devenir l'appui, le
protecteur de cet orphelin. Je jurai et je tiendrai
mon serment, mais la mission est bien difficile
à remplir, maître Gilbert ; je suis encore soldat,
je passe ma vie dans les garnisons ou sur les
champs de bataille, et je ne puis veiller moi-
même sur cette frêle créature. D'un autre côté,
je n'ai ni parents ni amis aux mains desquels je
puisse sans crainte remettre ce précieux dépôt.
Je ne savais donc plus à quel saint me vouer
quand l'idée me vint de consulter votre beau-
frère Roland Ritson : il pensa de suite à vous ; il
me dit que, marié depuis huit ans à une adora-
ble et vertueuse femme, vous n'aviez pas
encore le bonheur d'être père, et que sans doute
il vous serait agréable, moyennant salaire, bien

entendu, d'accueillir sous votre toit un pauvre orphelin, le fils d'un brave soldat. Si Dieu accorde vie et santé à cet enfant, il sera le compagnon de ma vieillesse; je lui raconterai l'histoire triste et glorieuse de l'auteur de ses jours, et je lui enseignerai à marcher d'un pas ferme dans les mêmes sentiers où nous marchâmes, son vaillant père et moi. En attendant, vous élèverez l'enfant comme s'il était le vôtre, et vous ne l'élèverez pas gratuitement, je vous le jure. Répondez, maître Gilbert : acceptez-vous ma proposition?

Le gentilhomme attendit avec anxiété la réponse du forestier, qui avant de s'engager interrogeait sa femme du regard; mais la jolie Marguerite détournait la tête, et, le col penché vers la porte de la chambre voisine, elle essayait en souriant d'écouter l'imperceptible murmure de la respiration de l'enfant.

Ritson, qui analysait furtivement du coin de l'œil l'expression de la physionomie des deux époux, comprit que sa sœur était disposée à garder l'enfant, malgré les hésitations de Gilbert, et dit d'une voix persuasive :

— Les rires de cet ange feront la joie de ton foyer, ma douce Maggie, et, par saint Pierre! je te le jure, tu entendras un autre bruit non moins joyeux, le bruit des guinées que Sa Seigneurie versera chaque année dans ta main. Ah! je te vois déjà riche et toujours heureuse, conduisant par la main aux fêtes du pays le joli bébé qui t'appellera maman : il sera vêtu comme un prince, brillant comme le soleil, et toi, tu rayonneras de plaisir et d'orgueil.

Marguerite ne répondit rien, mais elle regarda en souriant Gilbert, Gilbert dont le silence fut mal interprété par le gentilhomme.

— Vous hésitez, maître Gilbert ? dit ce dernier en fronçant les sourcils. Est-ce que ma proposition vous déplaît ?

— Pardon, messire, votre proposition m'est fort agréable, et nous garderons cet enfant, si ma chère Maggie n'y voit pas d'obstacle. Allons, femme, dis ce que tu penses ; ta volonté sera la mienne.

— Ce brave soldat a raison, répondit la jeune femme ; il lui est impossible d'élever cet enfant.

— Eh bien ?

— Eh bien ? Je deviendrai sa mère. Puis s'adressant au gentilhomme, elle ajouta : Et si un jour il vous plaisait de reprendre votre fils d'adoption, nous vous le rendrons le cœur serré, mais nous nous consolerons de sa perte en pensant qu'il sera désormais plus heureux près de vous que sous l'humble toit d'un pauvre garde forestier.

— Les paroles de ma femme sont un engagement, reprit Gilbert, et, pour ma part, je jure de veiller sur cet enfant et de lui servir de père. Messire chevalier, voici le gage de ma foi.

En arrachant de sa ceinture un de ses gante-
lets, il le jeta sur la table.

— Foi pour foi et gantelet pour gantelet,
répliqua le gentilhomme, jetant aussi un gantelet sur la table. Il s'agit maintenant de s'entendre sur le prix de la pension du bébé. Tenez,
brave homme, prenez cela ; chaque année vous
en recevrez autant.

Et, tirant de dessous son pourpoint un petit
sac de cuir, rempli de pièces d'or, il essaya de le
placer entre les mains du forestier.

Mais celui-ci refusa.

— Gardez votre or, messire ; les caresses et le
pain de Marguerite ne se vendent pas.

Longtemps le petit sac de cuir fut renvoyé des
mains de Gilbert dans celles du gentilhomme.
On transigea enfin et on convint, d'après la
proposition de Marguerite, que l'argent reçu
chaque année en paiement de la pension de
l'enfant serait placé en lieu sûr, pour être remis
à l'orphelin à l'époque de sa majorité.

Cette affaire réglée à la satisfaction de tous,
on se sépara pour dormir. Le lendemain Gilbert
était sur pied au point du jour, et regardait d'un
œil d'envie les chevaux de ses hôtes, Lincoln
s'occupait déjà de leur pansage.

— Quelles magnifiques bêtes ! disait-il à son
domestique ; on ne croirait pas qu'elles
viennent de trotter pendant deux jours, tant
elles montrent de la vigueur. Par la sainte

messe ! il n'y a que les princes qui puissent monter de pareils coursiers, et ils doivent valoir de l'argent gros comme mes chevaux ; mais je les oubliais, ces pauvres compagnons ! Leur râtelier doit être vide.

Et Gilbert entra dans son écurie. L'écurie était déserte.

— Tiens, ils ne sont plus là. Ohé ! Lincoln, as-tu déjà conduit les chevaux au pâturage ?

— Non, maître.

— Voilà qui est singulier, murmura Gilbert.

Saisi d'un secret pressentiment, il s'élança vers la chambre de Ritson. Ritson n'y était pas.

— Mais peut-être est-il allé réveiller le gentil-homme, se dit Gilbert en passant devant la chambre donnée au chevalier.

Cette chambre était vide. Marguerite parut, tenant dans ses bras le petit orphelin.

— Femme, s'écria Gilbert, nos bêtes ont disparu !

— Est-ce possible ?

— Ils ont enfourché nos chevaux et nous ont laissé les leurs.

— Mais pourquoi nous ont-ils quittés ainsi ?

— Devine, Maggie, moi je n'en sais rien.

— Ils voulaient peut-être nous cacher la direction de leur route.

— Ils auraient donc alors quelque mauvaise action à se reprocher ?

— Ils n'ont pas voulu nous prévenir qu'ils remplaçaient leurs bêtes harassées de fatigue par les nôtres.

— Ce n'est pas cela, car on dirait que leurs chevaux n'ont pas voyagé depuis huit jours, tant ils montrent ce matin de vivacité et de vigueur.

— Bah! n'y pensons plus! Tiens, regarde l'enfant comme il est beau, comme il sourit. Embrasse-le.

— Peut-être bien que ce seigneur inconnu a voulu nous récompenser de notre obligeance en échangeant ses deux chevaux de prix contre nos deux roquentins.

— Peut-être; et craignant notre refus, il serait parti pendant que nous dormions.

— Eh bien! s'il en est ainsi, je le remercie de grand cœur; mais je ne suis point content du beau-frère Ritson, qui nous devait un bonjour.

— Eh! ne sais-tu pas que, depuis la mort de ta pauvre sœur Annette, sa fiancée, Ritson évite la contrée? L'aspect de notre bonheur en ménage aura réveillé ses chagrins.

— Tu as raison, femme, répondit Gilbert en poussant un gros soupir. Pauvre Annette!

— Le plus fâcheux de l'affaire, reprit Marguerite, c'est que nous n'avons ni le nom ni l'adresse du protecteur de cet enfant. Qui avertirons-nous s'il tombe malade? Lui-même comment l'appellerons-nous?

— Choisis son nom, Marguerite.

— Choisis-le toi-même, Gilbert; c'est un garçon, et cela te regarde.

— Eh bien! nous lui donnerons, si tu veux, le nom du frère que j'ai tant aimé; je ne puis penser à Annette sans me souvenir de l'infortuné Robin.

— Soit, il est baptisé, et voilà notre gentil Robin! s'écria Marguerite en couvrant de baisers la figure de l'enfant qui lui souriait déjà comme si la douce Marguerite eût été sa mère.

L'orphelin fut donc nommé Robin Head. Plus tard, et sans cause connue, le nom *Head* se changea en *Hood*, et le petit étranger devint célèbre sous le nom de *Robin Hood*.

II

Quinze ans se sont écoulés depuis cet événement ; le calme et le bonheur n'ont pas cessé de régner sous le toit du garde forestier, et l'orphelin se considère toujours comme le fils bienaimé de Marguerite et Gilbert Head.

Par une belle matinée de juin, un homme au retour de l'âge, vêtu comme un paysan aisé et monté sur un poney vigoureux, suivait la route qui conduit par la forêt de Sherwood au joli village de Mansfeldwoohaus.

Le ciel était pur ; le soleil levant illuminait ces grandes solitudes ; la bise passant à travers les taillis entraînait dans l'atmosphère les senteurs âcres et pénétrantes du feuillage des chênes et les mille parfums des fleurs sauvages ; sur les mousses, sur les herbes, les gouttes de rosée brillaient comme des semis de diamants ; aux coins des futaies chantaient et voltigeaient les oiseaux ; les daims bramaient dans les fourrés ; partout enfin la nature s'éveillait, et les derniers brouillards de la nuit fuyaient au loin.

La physionomie de notre voyageur s'épanouissait sous l'influence d'un si beau jour ; sa poitrine se dilatait, il respirait à pleins poumons, et d'une voix forte et sonore il jetait aux échos les refrains d'un vieil hymne saxon, d'un hymne à la mort des tyrans.

Soudain une flèche passa en sifflant à son oreille et alla se planter dans la branche d'un chêne au bord de la route.

Le paysan, plus surpris qu'effrayé, sauta en bas de son cheval, se cacha derrière un arbre, banda son arc et se tint sur la défensive. Mais il eut beau surveiller le sentier dans toute sa longueur, scruter du regard les taillis environnants et prêter l'oreille aux moindres bruits de la forêt, il ne vit rien, n'entendit rien et ne sut que penser de cette attaque imprévue.

Peut-être l'inoffensif voyageur a-t-il failli tomber sous le trait d'un chasseur maladroit? Mais alors il entendrait le bruit des pas du chasseur, les aboiements des chiens, mais alors il verrait le daim en fuite traversant le sentier.

Peut-être est-ce un hors-la-loi, un proscrit comme il y en a tant dans le comté, gens ne vivant que de meurtres et de rapines, et passant leurs journées à l'affût des voyageurs? Mais tous ces vagabonds le connaissent; ils savent qu'il n'est pas riche, et que jamais il ne leur refuse un morceau de pain et un verre d'ale quand ils frappent à sa porte.

A-t-il outragé quelqu'un qui cherche à se venger ? Non, il ne se connaît pas d'ennemis à vingt milles à la ronde.

Quelle main invisible a donc voulu le blesser à mort ?

À mort ! car la flèche a rasé si près l'une de ses tempes qu'elle a fait voltiger ses cheveux.

Tout en réfléchissant sur sa position, notre homme se disait :

— Le danger n'est pas imminent, puisque l'instinct de mon cheval ne le pressent pas. Au contraire, il demeure là tranquille comme dans son écurie, et allonge le col vers la feuillée comme vers son râtelier. Mais s'il reste ici, il indiquera à celui qui me poursuit l'endroit où je me cache. Holà ! poney, au trot !

Ce commandement fut donné par un coup de sifflet en sourdine, et le docile animal, habitué depuis longtemps à cette manœuvre de chasseur qui veut s'isoler en embuscade, dressa ses oreilles, roula de grands yeux flamboyants vers l'arbre qui protégeait son maître, lui répondit par un petit hennissement et s'éloigna au trot. Vainement, pendant un grand quart d'heure, le paysan attendit, l'œil au guet, une nouvelle attaque.

— Voyons, dit-il, puisque la patience n'aboutit à rien, essayons la ruse.

Et, calculant, d'après la direction du pennage de la flèche, l'endroit où son ennemi pouvait camper, il décocha un trait de ce côté avec l'espoir d'effrayer le malfaiteur ou de le provoquer à force de mouvement. Le trait fendit l'espace, alla s'implanter dans l'écorce d'un arbre, et personne ne répondit à cette provocation. Un second trait réussira peut-être? Ce second trait partit, mais il fut arrêté dans son vol. Une flèche, lancée par un arc invisible, le rencontra presque à angle droit au-dessus du sentier, et le fit tomber en pirouettant sur le sol. Ce coup avait été si rapide, si inattendu, il annonçait tant d'adresse et une si grande habileté de la main et de l'œil, que le paysan émerveillé, oublieux de tout danger, bondit de sa cachette.

— Quel coup! quel merveilleux coup! s'écriat-il en gambadant sur la lisière des fourrés pour y découvrir le mystérieux archer.

Un rire joyeux répondit à ses acclamations, et non loin de là une voix argentine et suave comme la voix d'une femme chanta :

« *Il y a des daims dans la forêt, il y a des fleurs sur la lisière des grands bois ;*
« *Mais laisse le daim à sa vie sauvage, laisse la fleur sur sa tige flexible,*
« *Et viens avec moi, mon amour, mon cher Robin Hood ;*
« *Je sais que tu aimes le daim dans les clairières, les fleurs pour couronner mon front ;*

« *Mais abandonne aujourd'hui chasse et fraîche récolte,*
« *Et viens avec moi, mon amour, mon cher Robin Hood.* »

— Oh ! c'est Robin, l'effronté Robin Hood qui chante. Viens ici, garçon. Quoi ? Tu oses tirer à l'arc sur ton père ? Par saint Dunstan, j'ai cru que les hors-la-loi en voulaient à ma peau ! Oh ! le méchant enfant qui prend pour but ma tête grisonnante ! Ah ! le voici, ajouta le bon vieillard, le voici, l'espiègle ! Il chante la chanson que je composais pour les amours de mon frère Robin... alors que je faisais des chansons et que le pauvre ami courtisait la jolie May, sa fiancée.

— Eh quoi ! bon père, eh quoi ! ma flèche vous a blessé en chatouillant votre oreille, répondit de l'autre côté d'un fourré un jeune garçon qui recommença à chanter.

« *Il n'y a ni nuage sur l'or pâle de la lune, ni bruit dans la vallée,*
« *Il n'y a d'autre voix dans l'air que la douce cloche du couvent.*
« *Viens avec moi, mon amour, viens avec moi, mon cher Robin Hood,*
« *Viens avec moi dans la joyeuse forêt de Sherwood,*
« *Viens avec moi sous l'arbre témoin de notre premier serment,*

« *Viens avec moi, mon amour, mon cher Robin
    Hood.* »

Les échos de la forêt répétaient encore ce
tendre refrain quand un jeune homme, parais-
sant avoir vingt ans, quoique en réalité il n'en
eût que seize, s'arrêta devant le vieux paysan,
que vous reconnaissez sans doute pour être le
brave Gilbert Head du premier chapitre de
notre histoire.

Ce jeune homme souriait au vieillard et tenait
respectueusement à la main son bonnet vert,
orné d'une plume de héron. Une masse de
cheveux noirs légèrement bouclés couronnait
un front plus blanc que l'ivoire et largement
développé. Les paupières, repliées sur elles-
mêmes, laissaient jaillir au-dehors les fulgu-
rances de deux iris d'un bleu sombre, dont
l'éclat se veloutait sous la frange des longs cils
qui projetaient leur ombre jusque sur les
pommettes rosées des joues. Son regard
nageait dans un fluide transparent comme un
émail liquide ; les pensées, les croyances, les
sentiments d'une adolescence candide s'y reflé-
taient comme dans un miroir ; l'expression des
traits du visage de Robin annonçait le courage
et l'énergie ; son exquise beauté n'avait rien
d'efféminé, et son sourire était presque le
sourire d'un homme maître de lui-même,
lorsque ses lèvres, margées de corail et réunies

par une courbe gracieuse à son nez droit et fin, aux narines mobiles et transparentes, s'entrouvraient sur une dentition éburnéenne.

Le hâle avait bruni cette noble physionomie, mais la blancheur satinée de la carnation reparaissait à la naissance du col et au-dessus des poignets.

Un bonnet avec plume de héron pour aigrette, un pourpoint de drap vert de Lincoln serré à la taille, un haut-de-chausses en peau de daim, une paire de *unhege sceo* (brodequins saxons) attachés au-dessus des chevilles par de fortes courroies, un baudrier clouté d'acier brillant et supportant un carquois garni de flèches, le petit cor et le couteau de chasse à la ceinture, et l'arc en main, telles étaient les pièces de l'habillement et de l'équipement de Robin Hood, et leur ensemble plein d'originalité était loin de nuire à la beauté de l'adolescent.

— Et si tu m'avais transpercé le crâne au lieu de me chatouiller l'oreille ? dit le bon vieillard en répétant les dernières paroles de son fils d'un ton de sévérité affectée. Méfie-toi de ce chatouillement-là, sir Robin, il tuerait plus souvent qu'il ne ferait rire.

— Pardonnez-moi, bon père. Je n'avais nullement l'intention de vous blesser.

— Je le crois parbleu bien ! cher enfant, mais cela pouvait arriver ; un changement dans l'allure de mon cheval, un pas à gauche ou à droite de la ligne que je suivais, un mouvement de ma tête, un tremblement de ta main, une erreur de ton coup d'œil, un rien enfin, et le jeu que tu jouais était mortel.

— Mais ma main n'a pas tremblé, et mon coup d'œil est toujours sûr. Ne me faites donc pas de reproches, bon père, et pardonnez-moi mon espièglerie.

— Je te la pardonne de grand cœur ; mais, ainsi que le dit Ésope, dont le chapelain t'apprit les fables, est-ce un divertissement pour un homme que le jeu qui peut tuer un autre homme ?

— C'est vrai, répondit Robin d'un ton plein de repentir. Je vous en conjure, oubliez mon étourderie, ma faute, veux-je dire, c'est l'orgueil qui me l'a fait commettre.

— L'orgueil ?

— Oui, l'orgueil ; ne m'avez-vous pas dit hier soir, à la veillée, que je n'étais pas encore assez bon archer pour effleurer le poil de l'oreille d'un chevreuil afin de l'effrayer sans le blesser ? Et... j'ai voulu vous prouver le contraire.

— Jolie manière d'exercer son talent ! Mais brisons là, mon garçon ; je te pardonne, c'est entendu, et je ne te garde pas rancune, seulement je t'engage à ne jamais me traiter comme un cerf.

— Ne craignez rien, père, s'écria l'enfant avec tendresse, ne craignez rien ; aussi espiègle, aussi étourdi, aussi grand joueur de tours que je puisse être, je n'oublierai jamais le respect et l'affection que vous méritez, et, pour la possession de la forêt de Sherwood tout entière, je ne voudrais pas faire tomber un cheveu de votre tête.

Le vieillard saisit affectueusement la main que lui tendait le jeune homme, et la pressa en disant :

— Dieu bénisse ton excellent cœur et te donne la sagesse !

Puis il ajouta avec un naïf sentiment d'orgueil qu'il avait sans doute réprimé jusqu'alors afin de morigéner l'imprudent archer :

— Et dire que c'est mon élève ! Oui, c'est moi, Gilbert Head, qui le premier lui ai appris à bander un arc et à décocher une flèche ! L'élève est digne du maître, et, s'il continue, il n'y aura pas de plus adroit tireur dans tout le comté, dans toute l'Angleterre même.

— Que mon bras droit perde sa force, et que pas une de mes flèches n'atteigne le but si jamais j'oublie votre amour, mon père !

— Enfant, tu sais déjà que je ne suis ton père que par le cœur.

— Oh ! ne me parlez pas des droits qui vous manquent sur moi, car si la nature vous les a refusés, vous les avez acquis par une sollicitude, par un dévouement de quinze années.

— Parlons-en, au contraire, dit Gilbert, reprenant sa route à pied et traînant par la bride le
poney qu'un vigoureux coup de sifflet avait
rappelé à l'ordre, un secret pressentiment
m'avertit que des malheurs prochains nous
menacent.

— Quelle folle idée, mon père !

— Tu es déjà grand, tu es fort, tu es rempli
d'énergie, grâce à Dieu ; mais l'avenir qui
s'ouvre devant toi n'est plus celui que j'entre-
voyais lorsque petit et faible enfant, tantôt
boudeur, tantôt joyeux, tu grandissais sur les
genoux de Marguerite.

— Qu'importe ! Je ne fais qu'un vœu, c'est
que l'avenir ressemble au passé et au présent.

— Nous vieillirions désormais sans regret si
le mystère qui couvre ta naissance se dévoilait.

— Vous n'avez donc jamais revu le brave
soldat qui m'a confié à vos soins ?

— Je ne l'ai jamais revu, et je n'ai reçu
qu'une fois de ses nouvelles.

— Peut-être est-il mort à la guerre ?

— Peut-être. Un an après ton arrivée chez
nous, je reçus par un messager inconnu un sac
d'argent et un parchemin scellé de cire, mais
dont le cachet n'avait pas d'armes. Je donnai ce
parchemin à mon confesseur, qui l'ouvrit et
m'en révéla le contenu que voici, mot pour
mot : « Gilbert Head, j'ai placé depuis douze
mois un enfant sous votre protection, et j'ai pris

vis-à-vis de vous l'engagement de vous payer pour votre peine une rente annuelle; je vous l'envoie; je quitte l'Angleterre et j'ignore l'époque de mon retour. En conséquence, j'ai pris des arrangements pour que vous touchiez tous les ans la somme due. Vous n'aurez donc à l'époque des échéances qu'à vous présenter dans le cabinet du shérif de Nottingham, et vous serez payé. Élevez le garçon comme s'il était votre propre fils, à mon retour, je viendrai vous le réclamer.» Pas de signature, pas de date; et d'où venait ce message? Je l'ignore. Le messager partit sans vouloir satisfaire ma curiosité. Je t'ai souvent répété ce que le gentilhomme inconnu nous avait raconté à propos de ta naissance et de la mort de tes parents. Je ne sais donc rien de plus sur ton origine, et le shérif qui me paye ta pension répond invariablement, lorsque je l'interroge, qu'il ne connaît ni le nom ni la demeure de celui qui lui a donné mandat de me compter tant de guinées par an. Si maintenant ton protecteur te rappelait à lui, ma douce Marguerite et moi nous nous consolerions de ton départ en pensant que tu retrouves des richesses et des honneurs qui t'appartiennent par droit de naissance; mais si nous devons mourir avant que le gentilhomme inconnu reparaisse, un grand chagrin empoisonnera notre dernière heure.

— Quel grand chagrin, père?

— Le chagrin de te savoir seul et abandonné à toi-même, et livré à tes passions au moment de devenir homme.

— Ma mère et vous avez encore de longs jours à vivre.

— Dieu le sait !

— Dieu le permettra.

— Que sa volonté soit faite ! En tout cas, si une mort prochaine nous sépare, sache, mon enfant, que tu es notre seul héritier ; la chaumière où tu as grandi est tienne, les défrichements qui l'entourent sont ta propriété, et, avec l'argent de ta pension, accumulé depuis quinze années, tu n'auras pas à redouter la misère et tu pourras être heureux si tu es sage. Le malheur t'a frappé dès ta naissance, et tes parents adoptifs se sont efforcés de réparer ce malheur ; tu penseras souvent à eux, ils n'ambitionnent pas d'autre récompense.

L'adolescent s'attendrissait ; de grosses larmes commençaient à sourdre entre ses paupières : mais il contint son émotion pour ne pas augmenter celle du vieillard, détourna la tête, essuya ses yeux d'un revers de main, et s'écria d'un ton de voix presque joyeux :

— Ne touchez plus jamais à un aussi triste sujet, mon père ; la pensée d'une séparation, quelque éloignée qu'elle soit, me rend faible comme une femme, et la faiblesse ne convient pas à un homme (il se croyait déjà homme).

Sans nul doute je saurai un jour qui je suis, mais ne le saurais-je pas que cette ignorance ne m'empêcherait jamais de dormir tranquille ni de me réveiller gaiement. Parbleu! si j'ignore mon véritable nom, noble ou roturier, je n'ignore pas ce que je veux être... le plus habile archer qui ait jamais tiré une flèche sur les daims de la forêt de Sherwood.

— Et tu l'es déjà, Robin, répliqua Gilbert avec fierté; ne suis-je pas ton instituteur? En route, Gip, mon gentil poney, ajouta le vieillard en remontant en selle, il faut que je me hâte d'aller à Mansfeldwoohaus et de revenir, sans quoi Maggie ferait une mine plus longue que la plus longue de mes flèches. En attendant, cher enfant, exerce ton adresse, et elle ne tardera pas à égaler celle de Gilbert Head dans ses plus beaux jours... Au revoir.

Robin s'amusa pendant quelques instants à déchiqueter à coups de flèches les feuilles qu'il choisissait de l'œil à la cime des plus grands arbres; puis, las de ce jeu, il s'étendit sur l'herbe à l'ombre d'une clairière, et récapitula une à une dans sa pensée les paroles qu'il venait d'échanger avec son père adoptif. Avec son ignorance du monde, Robin ne désirait rien en dehors de la félicité dont il jouissait sous le toit du garde forestier, et le suprême bonheur pour lui consistait à pouvoir chasser en liberté dans les solitudes giboyeuses de la forêt de

Sherwood; que lui importait donc alors un avenir de noble ou de vilain?

Un froissement prolongé du feuillage et les craquements précipités des broussailles voisines troublèrent bientôt les rêveries de notre jeune archer; il leva la tête et aperçut un daim effrayé qui trouait le fourré, s'élançait à travers la clairière et disparaissait aussitôt dans les profondeurs de la forêt.

Bander son arc et poursuivre l'animal, tel fut le projet instantané de Robin; mais ayant par hasard ou par instinct de chasseur examiné l'endroit du débouché avant d'entrer en campagne, il aperçut à quelques toises de distance un homme accroupi derrière un tertre dominant la route; ainsi caché, cet homme pouvait voir sans être vu tout ce qui passerait sur la route, et, l'œil au guet, la flèche en corde, il attendait.

Certes il ressemblait par ses vêtements à un honnête forestier, connaissant de longue main les allures du gibier et se donnant le loisir d'une paisible chasse à l'affût. Mais s'il eût été réellement chasseur, et chasseur de daims surtout, il n'eût pas hésité à suivre en toute hâte la piste de l'animal. Pourquoi cette embuscade alors? Peut-être était-ce un meurtrier à l'affût des voyageurs?

Robin pressentit un crime, et, espérant y mettre obstacle, il se cacha derrière un bouquet de hêtres et surveilla attentivement les mouvements de l'inconnu. Celui-ci, toujours accroupi derrière le tertre, tournait le dos à Robin, et par conséquent se trouvait placé entre lui et le sentier.

Tout à coup le brigand ou chasseur décocha une flèche dans la direction du sentier, et se releva à moitié comme pour bondir vers le but visé ; mais il s'arrêta, proféra un jurement énergique, et se remit à l'affût avec une flèche à son arc.

Cette nouvelle flèche fut suivie comme la première d'un odieux blasphème.

— À qui donc en veut-il ? se demandait Robin. Essaye-t-il de donner à un de ses amis un coup de peigne comme celui que j'ai donné ce matin au vieux Gilbert ? Le jeu n'est pas des plus faciles. Mais je ne vois rien là-bas du côté où il vise ; il voit cependant quelque chose, lui, puisqu'il prépare une troisième flèche.

Robin allait quitter sa cachette pour faire connaissance avec le tireur inconnu et maladroit, lorsqu'en écartant sans dessein quelques branches d'un hêtre il aperçut, arrêtés au bout du sentier et à l'endroit où le chemin de Mansfeldwoohaus forme un coude, un gentleman et une jeune dame qui semblaient éprouver beaucoup d'inquiétude et se demander s'il fallait tourner bride ou braver le danger. Les chevaux s'ébrouaient, et le gentleman promenait ses regards de tous les côtés pour découvrir l'ennemi et lui tenir tête, puis il s'efforçait en même temps de calmer les terreurs de sa compagne.

Soudain la jeune femme poussa un cri d'angoisse et tomba presque évanouie : une flèche venait de s'implanter dans le pommeau de sa selle.

Plus de doute, l'homme en embuscade était un lâche assassin.

Saisi d'une généreuse indignation, Robin choisit dans son carquois une flèche des plus aiguës, banda son arc et visa. La main gauche de l'assassin demeura clouée sur le bois de l'arc qui menaçait de nouveau le cavalier et sa compagne.

Rugissant de colère et de douleur, le bandit détourna la tête et chercha à découvrir d'où venait cette attaque imprévue ; mais la taille svelte de notre jeune archer le cachait derrière le tronc du hêtre, et les nuances de son pourpoint se confondaient avec celles du feuillage.

Robin aurait pu tuer le bandit, il se contenta de l'effrayer après l'avoir puni, et lui décocha une nouvelle flèche qui emporta son bonnet à vingt pas.

Saisi de vertige et d'épouvante, le blessé se redressa et, soutenant de sa main solide sa main ensanglantée, hurla, trépigna, tournoya pendant quelques instants sur lui-même, promena des yeux hagards sur les taillis environnants, et s'enfuit en criant :

— C'est le démon ! le démon ! le démon !

Robin salua le départ du bandit par un rire joyeux, sacrifia une dernière flèche qui, après l'avoir éperonné pendant sa course, devait l'empêcher longtemps de s'asseoir en repos.

Le danger passé, Robin sortit de sa cachette et vint s'adosser nonchalamment au tronc d'un chêne sur le bord du sentier ; il se préparait ainsi à souhaiter la bienvenue aux voyageurs ; mais à peine ceux-ci, qui s'avançaient au trot, l'eurent-ils aperçu que la jeune femme poussa un grand cri et que le cavalier s'élança vers lui l'épée à la main.

— Holà ! messire chevalier, s'écria Robin, retenez votre bras et modérez votre fureur. Les flèches lancées vers vous ne sortaient pas de mon carquois.

— Te voilà donc, misérable ! te voilà donc ! répéta le cavalier en proie à la plus violente colère.

— Je ne suis pas un assassin, bien au contraire, c'est moi qui vous ai sauvé la vie.

— L'assassin, où est-il alors ? Parle, ou je te fends la tête.

— Écoutez et vous le saurez, répondit froidement Robin. Quant à me fendre la tête, n'y songez pas, et permettez-moi de vous faire observer, messire, que cette flèche, dont la pointe est dirigée sur vous, traversera votre cœur avant que votre épée n'effleure ma peau. Tenez-vous donc pour averti, et écoutez en paix : je dirai la vérité.

— J'écoute, reprit le cavalier presque fasciné par le sang-froid de Robin.

— J'étais là tranquillement couché sur l'herbe derrière ces hêtres ; un daim passa, je voulus le poursuivre, mais, au moment de prendre sa piste, j'ai vu un homme qui lançait des flèches vers un but d'abord invisible pour moi. J'oubliai alors le daim ; je me plaçai en observation afin de veiller sur cet homme qui m'était suspect, et je ne tardai pas à découvrir qu'il prenait cette gracieuse dame pour point de mire. On dit que je suis le plus habile archer de la forêt de Sherwood ; j'ai voulu profiter de l'occasion pour me prouver à moi-même qu'on dit vrai. Du premier coup, la main et l'arc du bandit ont été chevillés ensemble par une de mes flèches, du second je lui ai enlevé son bonnet, qu'il nous est facile de retrouver, enfin du troisième, j'ai mis le bandit en fuite, et il court encore... Voilà.

Le cavalier tenait toujours l'épée haute ; il doutait encore.

— Allons, messire, reprit Robin, regardez-moi en face, et vous avouerez que je n'ai pas l'air d'un brigand.

— Oui, oui, mon enfant, je l'avoue, tu n'as pas l'air d'un brigand, dit enfin l'étranger après avoir attentivement considéré Robin.

Le front radieux, la physionomie pleine de franchise, les yeux où pétillait le feu du courage, les lèvres qu'entrouvrait le sourire d'un légitime orgueil, tout en ce noble adolescent inspirait, commandait la confiance.

— Dis-moi qui tu es, et conduis-nous, je te prie, dans un lieu où nos montures puissent se repaître et se reposer, ajouta le cavalier.

— Avec plaisir; suivez-moi.

— Mais d'abord accepte ma bourse, en attendant que Dieu te récompense.

— Gardez votre or, messire chevalier; l'or m'est inutile, je n'ai pas besoin d'or. Je me nomme Robin Hood, et je demeure avec mon père et ma mère à deux milles d'ici, sur la lisière de la forêt; venez, vous trouverez dans notre maisonnette une cordiale hospitalité.

La jeune femme, qui s'était jusqu'alors tenue à l'écart, se rapprocha de son cavalier, et Robin vit resplendir l'éclat de deux grands yeux noirs sous le capuchon de soie qui préservait sa tête de la fraîcheur du matin; il remarqua aussi sa divine beauté, et la dévora du regard en s'inclinant poliment devant elle.

— Devons-nous croire à la parole de ce jeune homme? demanda la dame à son cavalier.

Robin releva fièrement la tête, et, sans donner au chevalier le temps de répondre, il s'écria :

— Il n'y aurait plus alors de bonne foi sur la terre.

Les deux étrangers sourirent ; ils ne doutaient plus.

III

La petite caravane marcha d'abord silencieusement ; le cavalier et la jeune fille pensaient encore au danger qu'ils avaient couru, et tout un monde d'idées nouvelles surgissait dans la tête de notre jeune archer : il admirait pour la première fois la beauté d'une femme.

Fier par instinct de race autant que par caractère, il ne voulait pas paraître inférieur à ceux qui lui devaient la vie, et affectait en les guidant des manières orgueilleuses et pleines de rudesse : il devinait que ces personnages modestement vêtus et voyageant sans équipage appartenaient à la noblesse, mais il se croyait leur égal dans la forêt de Sherwood, et même leur supérieur devant les embûches des assassins.

La plus grande ambition de Robin était de paraître habile archer et forestier audacieux ; il méritait le premier titre, mais on lui refusait le second, que démentaient d'ailleurs ses formes juvéniles.

À tous ses avantages naturels, Robin joignait encore le charme d'une voix mélodieuse : il le savait et chantait partout où il lui plaisait de chanter, il lui plut donc de donner aux voyageurs une idée de son talent, et il entonna allégrement une joyeuse ballade ; mais dès les premiers mots une émotion extraordinaire paralysa sa voix, et ses lèvres se fermèrent en tremblant ; il essaya de nouveau, et redevint muet en poussant un gros soupir ; il essaya encore, même soupir, même émotion.

Le naïf enfant éprouvait déjà les timidités de l'amour ; il adorait sans le savoir l'image de la belle inconnue qui chevauchait derrière lui, et il oubliait ses chansons en rêvant aux yeux noirs de la dame.

Il finit cependant par comprendre les causes de son trouble, et se dit en retrouvant son sang-froid :

— Patience, je la verrai bientôt sans son capuchon.

Le cavalier interrogea Robin sur ses goûts, ses habitudes et ses occupations avec bienveillance ; mais Robin lui répondit froidement, et ne changea de ton qu'au moment où son amour-propre fut mis en jeu.

— Tu n'as donc pas craint, dit l'étranger, que ce misérable hors-la-loi cherchât à se venger sur toi de son insuccès ?

— Parbleu ! non, messire, car il m'était impossible d'avoir cette dernière crainte.

— Impossible !

— Oui, l'habitude m'a fait un jeu des coups les plus difficiles.

Il y avait trop de bonne foi et de noble orgueil dans les réponses de Robin pour que l'étranger s'en moquât, et il reprit :

— Serais-tu assez bon tireur pour atteindre à cinquante pas ce que tu touches à quinze ?

— Certainement ; mais, ajouta l'enfant d'un ton railleur, j'espère, messire, que vous ne regardez pas comme un trait d'adresse la leçon que j'ai donnée à ce bandit.

— Pourquoi ?

— C'est qu'une pareille bagatelle ne prouve rien.

— Et quelle meilleure preuve pourras-tu me donner ?

— Qu'une occasion se présente, et vous verrez.

Le silence se rétablit pendant quelques minutes, et la caravane arriva au bord d'une grande clairière que le chemin coupait en diagonale. Au même instant un gros oiseau de proie s'élevait dans l'atmosphère, et un jeune faon, alarmé par le bruit du passage des chevaux, sortait d'un fourré voisin et traversait l'espace boisé pour se remiser de l'autre côté.

— Attention ! s'écria Robin en tenant une flèche entre ses dents et en en plaçant une seconde à son arc ; que préférez-vous, le gibier à plumes ou le gibier à poil ? Choisissez.

Mais avant que le chevalier eût eu le loisir de répondre, le faon tombait blessé à mort, et l'oiseau de proie descendait en tournoyant sur la clairière.

— Puisque vous n'avez pas choisi quand ils vivaient, vous choisirez ce soir quand ils seront rôtis.

— Admirable! s'écria le chevalier.

— Merveilleux! murmura la jeune fille.

— Vos Seigneuries n'ont qu'à suivre le droit chemin et après cette futaie elles apercevront la maison de mon père. Salut! Je prends les devants pour vous annoncer à ma mère et envoyer notre vieux domestique ramasser le gibier.

Cela dit, Robin disparut en courant.

— C'est un noble enfant, n'est-ce pas, Marianne? dit le chevalier à sa compagne; un charmant garçon, et le plus joli forestier anglais que j'aie jamais vu.

— Il est bien jeune encore, répondit l'étrangère.

— Et peut-être plus jeune encore que ne l'annoncent sa taille élancée et la vigueur de ses membres. Vous ne sauriez croire, Marianne, combien la vie en plein air favorise le développement de nos forces et entretient la santé; il n'en est pas ainsi dans l'atmosphère étouffante des villes, ajouta le cavalier en soupirant.

— Je crois, messire Allan Clare, répliqua la jeune dame avec un fin sourire, que vos soupirs s'adressent beaucoup moins aux arbres verts de la forêt de Sherwood qu'à leur charmante feudataire, la noble fille du baron de Nottingham.

— Vous avez raison, Marianne, ma sœur chérie, et, je l'avoue, je préférerais, si le choix dépendait de ma volonté, passer mes jours à rôder dans ces forêts, ayant pour demeure la chaumière d'un *yeoman* et Christabel pour femme, plutôt que de m'asseoir sur un trône.

— Frère, l'idée est belle, mais un peu romanesque. Êtes-vous certain d'ailleurs que Christabel consente à échanger sa vie princière contre la mesquine existence dont vous parlez ? Ah ! cher Allan, ne vous bercez pas de folles espérances ; je doute fort que le baron vous accorde jamais la main de sa fille.

Le front du jeune homme se rembrunit ; mais il chassa aussitôt ce nuage de tristesse, et dit à sa sœur d'un ton calme :

— Je croyais vous avoir entendue parler avec enthousiasme des agréments de la vie champêtre.

— C'est vrai, Allan, je le confesse, j'ai parfois des goûts étranges ; mais je ne pense pas que Christabel en ait de semblables.

— Si Christabel m'aime véritablement, elle se plaira dans ma demeure, quelle qu'elle soit. Ah ! vous pressentez le refus du baron ? Mais si je voulais, je n'aurais qu'à dire un mot, un seul, et le fier, l'irascible Fitz-Alwine agréerait ma demande sous peine d'être proscrit et de voir son château de Nottingham réduit en poussière.

— Chut! voici la chaumière, dit Marianne interrompant son frère. La mère du jeune homme nous attend à la porte. Vraiment, l'extérieur de cette femme est des plus agréables.

— Son enfant possède le même avantage, répondit le jeune homme en souriant.

— Oh! ce n'est plus un enfant, murmura Marianne, et une subite rougeur envahit sa figure.

Mais quand la jeune fille eut mis pied à terre à l'aide de son frère, quand son capuchon, rejeté en arrière, eut découvert ses traits, la rougeur avait fait place à une légère teinte rosée. Robin, qui se tenait près de sa mère, admirait avec une radieuse surprise la première femme qui eût fait battre son cœur, et l'émotion du jeune archer était si vive, si franche, si vraie, qu'il s'écria sans avoir la conscience de ses paroles :

— Ah! j'étais bien sûr que de si beaux yeux ne pouvaient éclairer qu'une belle figure !

Marguerite, étonnée de la hardiesse de son fils, se tourna vers lui et l'interpella d'une voix presque grondeuse. Allan se prit à rire, et la belle Marianne devint aussi rouge que l'effronté Robin, qui, pour cacher son embarras et sa honte, se jeta au cou de sa mère; mais le naïf espiègle eut soin d'épier d'un regard de côté la physionomie de Marianne, et il n'y vit point de colère; au contraire, un bienveillant sourire, que la jeune fille croyait dérober au coupable, illuminait ses traits, et le coupable, assuré d'obtenir sa grâce, se hasarda à lever timidement les yeux sur son idole.

Une heure après, Gilbert Head revint au logis portant en croupe sur son cheval un homme blessé qu'il avait rencontré en route; il descendit l'étranger avec des précautions infinies de son siège incommode, et le porta dans la salle en appelant Marguerite, occupée à installer les voyageurs dans les chambres du premier étage.

À la voix de Gilbert, Maggie accourut.

— Tiens, femme, voici un pauvre homme qui a grand besoin de tes soins. Un mauvais plaisant lui a joué le tour atroce de lui clouer avec une flèche la main sur son arc, au moment où il visait un daguet. Allons, bonne Maggie, hâtons-nous; cet homme est très affaibli par la perte de son sang. Comment te trouves-tu, camarade? ajouta le vieillard en s'adressant au blessé. Courage, tu guériras. Allons donc; relève un peu la tête, et ne te laisse pas abattre ainsi; prends courage, morbleu! on ne meurt pas pour une pointe de clou dans la main.

Le blessé, affaissé sur lui-même et la tête entre les épaules, courbait le front et semblait vouloir dérober à ses hôtes la vue de son visage.

En ce moment, Robin rentra dans la maison et courut vers son père pour l'aider à soutenir le blessé, mais à peine eut-il jeté les yeux sur lui qu'il s'éloigna et fit signe au vieux Gilbert de venir lui parler.

— Père, dit tout bas le jeune homme, ayez bien soin de cacher aux voyageurs de là-haut la présence de ce blessé dans notre maison. Plus tard vous saurez pourquoi. Soyez prudent.

— Eh! quel autre sentiment que celui de la compassion pourrait éveiller chez nos hôtes la présence de ce pauvre forestier baigné dans son sang?

— Vous le saurez ce soir, père; en attendant, suivez mon conseil.

— Je le saurai ce soir, je le saurai ce soir, reprit Gilbert mécontent. Eh bien! je veux le savoir de suite, car je trouve fort étrange qu'un enfant tel que toi se permette de me donner des leçons de prudence. Parle, quel rapport y a-t-il entre le forestier et Leurs Seigneuries?

— Attendez, je vous en conjure, je vous le dirai ce soir quand nous serons seuls.

Le vieillard quitta Robin et vint vers le blessé. Un instant après ce dernier poussa un long cri de douleur.

— Ah! maître Robin, voilà encore un de tes chefs-d'œuvre, dit Gilbert courant après son fils et le retenant au moment où il allait franchir le seuil de la porte. Je t'avais défendu ce matin d'exercer ton adresse aux dépens de tes semblables, et tu m'as désobéi, témoin ce malheureux forestier!

— Quoi donc? répliqua le jeune homme plein d'une respectueuse indignation; vous croyez que...

— Oui, je crois que c'est toi qui as cloué la main de cet homme sur son arc, il n'y a que toi dans la forêt capable d'une pareille adresse. Regarde, le fer de cette flèche te trahit; il est poinçonné à notre chiffre... Ah! tu ne nieras plus ta faute, j'espère.

Et Gilbert lui montra le fer de la flèche qu'il avait arraché de la blessure.

— Eh bien! oui, mon père, c'est moi qui ai blessé cet homme, répondit froidement Robin.

Le front du vieux Gilbert devint sévère.

— C'est chose horrible et criminelle, maître; n'es-tu donc pas honteux d'avoir dangereuse-ment blessé par forfanterie un homme qui ne te faisait aucun mal?

— Je n'éprouve ni honte ni regret de ma conduite, répondit Robin d'un ton ferme. La honte et le regret reviennent à celui qui attaquait dans l'ombre des voyageurs inoffen-sifs et sans défense.

— Qui donc s'est rendu coupable de cette félonie ?

— L'homme que vous avez si généreusement ramassé dans la forêt.

Et Robin raconta à son père tous les détails de l'événement.

— Ce misérable t'a-t-il vu ? demanda Gilbert avec inquiétude.

— Non, car il s'est enfui presque atteint de folie et croyant à l'intervention du diable.

— Pardonne-moi mon injustice, dit le vieillard en pressant affectueusement entre les siennes les mains de l'enfant. J'admire ton adresse. Il faudra désormais surveiller attentivement les approches du logis. La blessure de ce coquin ne tardera pas à être guérie ; et, pour me remercier de mes soins et de mon hospitalité, il serait capable de revenir en compagnie de ses pareils mettre ici tout à feu et à sang. Il me semble, ajouta Gilbert après avoir réfléchi un moment, que la physionomie de cet homme ne m'est pas inconnue ; mais j'ai beau fouiller dans mes souvenirs, je ne retrouve pas son nom ; il doit avoir changé d'expression de figure. Quand je l'ai connu, il ne portait pas sur ses joues l'expression avilissante de la débauche et du crime.

Cet entretien fut interrompu par l'arrivée d'Allan et de Marianne, auxquels le maître du logis souhaita cordialement la bienvenue.

Le soir de ce même jour, la maison du garde forestier était pleine d'animation : Gilbert, Marguerite, Lincoln et Robin, Robin surtout, se ressentaient vivement du changement et du trouble provoqués dans leur paisible existence par l'arrivée de ces nouveaux hôtes. Le maître du logis surveillait attentivement le blessé, la ménagère préparait le repas ; Lincoln, tout en s'occupant de ses chevaux, faisait bonne garde et ouvrait l'œil sur les environs ; Robin seul était oisif, mais son cœur travaillait. La vue de la belle Marianne éveillait en lui des sensations jusqu'alors inconnues, et il demeurait immobile, plongé dans une muette admiration ; il rougissait, il pâlissait, il frissonnait quand la jeune fille marchait, parlait ou laissait errer ses regards autour d'elle.

Jamais aux fêtes de Mansfeldwoohaus il n'avait vu beauté pareille ; il dansait, il riait, il causait avec les filles de Mansfeldwoohaus, et déjà même il avait murmuré aux oreilles de quelques-unes de banales paroles d'amour, mais dès le lendemain il les oubliait en chassant dans la forêt ; aujourd'hui il serait mort de peur plutôt que d'oser dire un mot à la noble amazone qui lui devait la vie, et il sentait qu'il ne l'oublierait jamais.

Il cessait d'être enfant.

Pendant que Robin, assis dans un coin de la salle, adorait Marianne en silence, Allan complimentait Gilbert sur le courage et l'adresse du jeune archer, et félicitait le vieillard d'être le père d'un tel fils ; mais Gilbert, qui espérait toujours recevoir au moment où il s'y attendait le moins des renseignements sur l'origine de Robin, ne manquait jamais d'avouer que le jeune garçon n'était pas son fils, et racontait comment et à quelle époque un inconnu lui avait apporté cet enfant.

Allan apprit donc avec étonnement que Robin n'était point fils de Gilbert, et ce dernier ayant ajouté que le protecteur inconnu de l'orphelin était venu probablement de Huntingdon, puisque le shérif de cet endroit payait chaque année la pension de l'enfant, le jeune homme répondit :

— Huntingdon est notre lieu de naissance, et nous l'avons quitté il y a quelques jours à peine. L'histoire de Robin, brave forestier, pourrait être vraie, mais j'en doute. Aucun gentilhomme de Huntingdon n'est mort en Normandie à l'époque de la naissance de cet enfant, et je n'ai pas ouï dire qu'un membre des nobles familles du comté se soit jamais mésallié avec une Française roturière et pauvre. Ensuite, pour quel motif aurait-on transporté cet enfant aussi loin de Huntingdon ? Dans l'intérêt de son bien-être, dites-vous, de l'avis de Ritson, votre parent, qui avait pensé à vous et s'était rendu garant de votre humanité. Ne serait-ce pas plutôt parce que l'on avait intérêt à cacher la naissance de ce petit être et qu'on voulait l'abandonner, n'osant pas le faire périr ? Ce qui confirmerait mes soupçons, c'est que depuis lors vous n'avez plus revu votre beau-frère. À mon retour à Huntingdon, je prendrai de minutieuses informations, et je m'efforcerai de découvrir la famille de Robin ; ma sœur et moi nous lui devons la vie, fasse le ciel que nous puissions réussir et lui payer ainsi la dette sacrée d'une éternelle reconnaissance !

Peu à peu les caresses d'Allan et les douces et familières paroles de Marianne rendirent à Robin sa gaieté et son sang-froid habituels, et bientôt la joie la plus vraie, la plus franche, la plus cordiale régna dans la maison du garde.

— Nous nous sommes égarés en traversant la forêt de Sherwood pour aller à Nottingham, dit Allan Clare, et je compte me remettre en route demain matin. Voudrais-tu me servir de guide, cher Robin ? Ma sœur restera ici confiée aux bons soins de ta mère, et nous rentrerons dans la soirée. Y a-t-il loin d'ici à Nottingham ?

— Douze milles environ, répondit Gilbert ; un bon cheval ne met pas deux heures à faire le voyage ; je dois une visite au shérif, que je n'ai pas vu depuis un an, et je vous accompagnerai, messire Allan.

— Tant mieux, nous serons trois ! s'écria Robin.

— Non, non ! s'écria Marguerite ; et se penchant à l'oreille de son mari, elle ajouta à voix basse : Y penses-tu ? Laisser deux femmes seules dans la maison avec cet inconnu !

— Seules ? dit Gilbert en riant. Ne comptes-tu pour rien, chère Maggie, notre vieux Lincoln et mon fidèle chien, le brave Lance, qui arracherait le cœur à quiconque oserait lever la main sur toi ?

Marguerite jeta un regard suppliant sur la jeune étrangère, et Marianne déclara résolument qu'elle suivrait son frère si Gilbert ne renonçait pas aux plaisirs du voyage projeté.

Gilbert céda, et il fut convenu qu'aux premiers rayons du soleil Allan et Robin se mettraient en route.

La nuit venue et les portes closes, nos personnages s'attablèrent et firent honneur aux talents culinaires de la bonne Marguerite. Le principal mets se composait d'un quartier de faon rôti ; sir Robin rayonnait de joie, il avait tué ce faon, et Marianne daignait en trouver la chair délicieuse au goût !

Assises l'une auprès de l'autre, ces deux charmantes créatures causaient comme on cause entre vieilles connaissances ; Allan, de son côté, prenait plaisir à entendre raconter les chroniques de la forêt, et Maggie veillait à ce qu'il ne manquât rien sur la table. L'aspect qu'offrait alors la demeure du forestier eût servi de modèle pour peindre un de ces tableaux d'intérieur de l'école hollandaise, où l'artiste poétise le réalisme du ménage.

Tout à coup un sifflement prolongé, parti de la chambre occupée par le malade, attira les regards des convives vers l'escalier conduisant à l'étage supérieur, et à peine ce sifflement se fut-il évanoui dans l'air qu'une réponse sur le même ton retentit à quelque distance dans la forêt. Nos cinq convives tressaillirent, un des chiens de garde au-dehors poussa quelques hurlements d'inquiétude, et le silence le plus absolu régna de nouveau dans les environs et devant le foyer du garde.

— Il se passe par ici quelque chose d'inusité, dit Gilbert, et je serais fort surpris s'il n'y avait pas dans la forêt certains personnages qui n'éprouvent aucun scrupule à fouiller dans d'autres poches que les leurs.

— Avez-vous donc réellement à craindre la visite des voleurs ? demanda Allan.

— Quelquefois.

— Je pensais qu'ils laissaient en repos la demeure d'un honnête forestier, qui d'ordinaire n'est pas riche, et qu'ils avaient assez de bon sens pour ne s'attaquer qu'aux gens riches.

— Les gens riches sont rares, et il faut bien que messieurs les vagabonds se contentent de pain quand ils ne trouvent pas de viande, et je vous prie de croire que les hors-la-loi ne sont

nullement honteux d'arracher un morceau de
pain de la main d'un pauvre homme. Ils
devraient cependant respecter mon domicile
ainsi que ma personne et les miens, car plus
d'une fois je les ai laissés se réchauffer à mon
foyer et manger à cette table en temps d'hiver
et de disette.

— Les bandits ne savent pas ce que c'est que
la reconnaissance.

— Ils le savent si peu que maintes fois ils ont
voulu entrer ici par la force.

Marianne, à ces mots, frissonna de terreur et
se rapprocha involontairement de Robin. Robin
voulut la rassurer, mais l'émotion lui coupa de
nouveau la parole, et Gilbert, s'étant aperçu des
craintes de la jeune fille, reprit en souriant :

— Tranquillisez-vous, noble demoiselle, nous
avons à votre service de braves cœurs et de
bons arcs, et si les hors-la-loi osent paraître, ils
en seront quittes pour s'enfuir comme ils se
sont enfuis tant de fois, n'emportant pour tout
butin qu'une flèche au bas de leur jaquette.

— Merci, dit Marianne ; puis jetant vers son
frère un regard significatif, la jeune fille ajouta :
La vie de forestier n'est donc pas sans inconvé-
nients et sans dangers ?

Robin se trompa sur le sens de cette phrase ;
il se l'attribua et ne comprit pas que la jeune
fille faisait allusion au prétendu goût de son

frère pour la vie champêtre, aussi s'écria-t-il avec enthousiasme :

— Moi je n'y trouve que plaisir et bonheur. Je passe souvent des journées entières dans les villages voisins, et je rentre dans ma belle forêt avec une joie inexprimable, me disant à moi-même que je préférerais la mort au supplice d'être enfermé dans les murs d'une ville.

Robin allait continuer sur le même ton quand retentit un coup violent à la porte extérieure de la salle ; l'édifice en trembla, les chiens couchés devant le foyer bondirent en aboyant, et Gilbert, Allan, Robin s'élancèrent vers la porte tandis que Marianne se réfugiait entre les bras de Marguerite.

— Holà ! cria le garde, quel malotru visiteur ose ainsi défoncer ma porte ?

Un second coup plus violent encore que le premier servit de réponse. Gilbert réitéra sa demande, mais les aboiements furieux des chiens rendirent d'abord tout dialogue impossible, et ce ne fut qu'avec peine qu'on entendit enfin au-dehors une voix sonore dominant le tumulte et prononçant cette formule sacramentelle :

— Ouvrez, pour l'amour de Dieu !

— Qui êtes-vous ?

— Deux moines de l'ordre de Saint-Benoît.

— D'où venez-vous et où allez-vous ?

— Nous venons de notre abbaye, l'abbaye de Linton, et nous allons à Mansfeldwoohaus.

— Que voulez-vous ?

— Un abri pour la nuit et quelque chose à manger ; nous nous sommes égarés dans la forêt et nous mourons de faim.

— Votre voix n'est cependant pas la voix d'un homme mourant ; comment voulez-vous que je m'assure si vous dites vrai ?

— Parbleu ! en ouvrant la porte et en nous regardant, répondit la même voix d'un ton que l'impatience rendait déjà moins humble. Allons, entêté forestier, ouvrirez-vous, nos jambes fléchissent et nos estomacs crient.

Gilbert consultait ses hôtes et hésitait lorsqu'une autre voix, une voix de vieillard timide et suppliante, intervint :

— Pour l'amour de Dieu ! ouvrez, bon forestier ; je vous jure par les reliques de notre saint patron que mon frère a dit la vérité !

— Après tout, dit Gilbert de manière à être entendu au-dehors, nous sommes ici quatre hommes, et avec l'aide de nos chiens nous aurons bien raison de ces gens-là, quels qu'ils soient. Je vais ouvrir. Robin, Lincoln, retenez un moment les chiens, et vous les lâcherez si des malfaiteurs nous attaquent.

IV

La porte tournait à peine sur ses gonds qu'un homme calé en quelque sorte sur elle pour l'empêcher de se refermer apparaissait et franchissait le seuil instantanément. Cet homme, jeune, robuste, et d'une taille colossale, portait une longue robe noire à capuchon et à larges manches ; une corde lui servait de ceinture ; un immense chapelet pendait à son côté, et sa main s'appuyait sur un gros et noueux bâton de cornouiller.

Un vieillard vêtu de la même manière suivait humblement ce beau moine.

Après les salutations d'usage, on se réunit à table avec les nouveaux venus, et la joie ainsi que la confiance reparurent. Cependant les maîtres du cottage n'avaient pas oublié le coup de sifflet de l'étage supérieur et celui de la forêt, mais ils dissimulaient leurs appréhensions pour ne pas effrayer leurs hôtes.

— Bon et brave forestier, recevez mes congratulations ; la table est admirablement bien servie ! s'écria le grand moine en dévorant une tranche de venaison. Si je n'ai pas attendu votre invitation pour venir souper avec vous, c'est que mon appétit, aussi aigu que la lame d'un poignard, s'y opposait.

Vraiment les paroles et les manières de ce personnage sans gêne étaient plutôt celles d'un soudard que d'un homme d'Église. Mais en ce temps-là les moines avaient les coudées franches; ils étaient nombreux, et la piété sincère ainsi que les vertus du plus grand nombre attiraient les respects du peuple sur l'espèce entière.

— Bon forestier, que la bénédiction de la très sainte Vierge répande sur votre maison le bonheur et la paix! dit le vieux moine en rompant un premier morceau de pain, tandis que son confrère dévorait à belles dents et absorbait verre d'ale sur verre d'ale.

— Vous me pardonnerez, mes bons pères, reprit Gilbert, si j'ai tant tardé à vous ouvrir ma porte; mais la prudence...

— C'est entendu... la prudence est de saison, dit le jeune moine, reprenant haleine entre deux coups de dents. Une bande de farouches coquins rôde dans les environs, et, voilà une heure à peine, nous avons été assaillis par deux de ces misérables qui, en dépit de nos protestations, mettaient de l'entêtement à croire que nous possédions dans nos besaces quelques échantillons de ce vil métal que l'on nomme argent. Par saint Benoît! ils s'adressaient à bonne enseigne, et j'allais exécuter sur leur dos un cantique à coups de bâton quand un long sifflement auquel ils ont répondu leur a donné le signal de la retraite.

Les convives se regardèrent avec anxiété, le moine seul paraissait ne s'inquiéter de rien et continuait philosophiquement ses exercices gastronomiques.

— Que la Providence est grande! reprit-il après un instant de silence; sans les aboiements d'un de vos chiens qu'alarmèrent ces coups de sifflet, nous ne pouvions découvrir votre demeure, et, vu la pluie qui commençait à tomber, nous n'avions pour tout rafraîchissement que de l'eau pure, selon les règles de notre ordre.

Cela dit, le moine remplit et vida son verre.

— Brave chien, ajouta le religieux en se penchant pour caresser de la main le vieux Lance, qui se trouvait par hasard couché à ses pieds; noble animal!

Mais Lance, refusant de répondre aux caresses du moine, se dressa sur ses pattes, allongea le col, flaira l'espace et gronda sourdement.

— Là! là! qui t'inquiète, mon bon Lance? demanda Gilbert en flattant l'animal.

Le chien, comme pour répondre, s'élança d'un bond vers la porte, et là, sans aboyer, il flaira de nouveau, écouta, tourna la tête vers son maître et sembla demander avec des yeux enflammés de colère que la porte lui fût ouverte.

— Robin, donne-moi mon bâton et prends le tien, dit Gilbert à voix basse.

— Et moi, dit de même le jeune moine, j'ai un bras de fer, une poigne d'acier et un bâton de cornouiller au bout : tout cela est à votre service en cas d'attaque.

— Merci, répondit le garde forestier ; je croyais que la règle de votre ordre vous défendait d'employer vos forces à un tel usage ?

— Mais avant tout la règle de mon ordre me commande de prêter secours et assistance à mes semblables.

— Patience, mes enfants, dit le vieux moine ; n'attaquez pas les premiers.

— On suivra votre conseil, mon père ; nous allons d'abord...

Mais Gilbert fut soudain interrompu dans l'explication de son plan de défense par un cri de terreur poussé par Marguerite. La pauvre femme venait d'entrevoir au haut de l'escalier le blessé, qu'on croyait mourant dans son lit, et, muette d'épouvante, elle tendait les bras vers cette sinistre apparition. Les regards des convives se dirigèrent aussitôt du même côté, mais déjà l'escalier était vide.

— Allons, chère Maggie, dit Gilbert avant de continuer son plan de défense, ne tremble pas ainsi ; le pauvre homme de là-haut n'a pas quitté son lit, il est trop faible, et je le crois plus à plaindre qu'à redouter, car si on l'attaquait, il ne pourrait se défendre, tu es la dupe d'une illusion, Maggie.

En parlant ainsi, le brave forestier dissimulait ses craintes, car lui seul avec Robin connaissait le véritable caractère du blessé. Sans nul doute ce bandit était de connivence avec ceux du dehors ; mais il fallait, tout en veillant sur lui, ne pas montrer qu'on redoutait sa présence dans la maison, sinon les femmes auraient perdu la tête ; il jeta donc un coup d'œil significatif à Robin, et celui-ci, sans que personne s'en aperçût et sans faire plus de bruit qu'un chat dans ses rondes nocturnes, grimpa sur la dernière marche de l'escalier.

La porte de la chambre était entrebâillée, les reflets des lumières de la salle pénétraient dans l'appartement, et du premier coup d'œil Robin put voir le blessé, qui, au lieu de garder le lit, se tenait penché à moitié corps sur l'appui de la fenêtre ouverte, et causait à voix basse avec un personnage du dehors.

Notre héros, rampant sur le plancher, se glissa jusqu'aux pieds du bandit et prêta l'oreille à ce dialogue.

— La jeune dame et le cavalier sont ici, disait le blessé, je viens de les voir.

— Est-ce bien possible ? s'écria l'interlocuteur.

— Oui, j'allais régler leur compte ce matin, quand le diable a pris leur défense; une flèche partie de je ne sais où a mutilé ma main, et ils m'ont échappé.

— Enfer et damnation!

— Le hasard a voulu qu'égarés de leur route ils se réfugiassent pour la nuit chez le même brave homme qui m'a ramassé baigné dans mon sang.

— Tant mieux, ils ne nous échapperont plus maintenant.

— Combien êtes-vous, mes garçons?

— Sept.

— Ils ne sont que quatre.

— Mais le plus difficile est d'entrer, car la porte me paraît solidement verrouillée, et j'entends gronder une meute de chiens.

— Ne nous occupons pas de la porte; mieux vaut qu'elle reste fermée pendant la bagarre, sans quoi la belle et son frère pourraient nous échapper encore.

— Que comptez-vous faire alors?

— Eh! parbleu! vous aider à entrer par la fenêtre. J'ai toujours une main à mon service, la droite, et je vais attacher à cette barre d'appui mes draps de lit et mes couvertures. Allons, préparez-vous à monter l'échelle.

— Vraiment! s'écria tout à coup Robin; et, saisissant le bandit par les jambes, il essaya de le culbuter au-dehors.

L'indignation, la colère, le désir ardent de conjurer les dangers qui menaçaient la vie de ses parents et la liberté de la belle Marianne centuplèrent les forces de cet enfant. Le bandit se raidit en vain contre une impulsion si brusquement donnée ; il dut y obéir, et, perdant l'équilibre, disparut dans l'espace pour tomber, non pas sur la terre nue, mais dans le réservoir plein d'eau qui se trouvait sous la fenêtre.

Les hommes du dehors, surpris par la chute inopinée de leur compère, s'enfuirent dans la forêt, et Robin descendit raconter l'aventure. On en rit d'abord, mais la réflexion vint après le rire ; Gilbert affirma que les malfaiteurs, revenus de leur stupéfaction, attaqueraient de nouveau la maison ; on se prépara donc encore une fois à les repousser, et le vieux moine, le père Eldred, proposa d'invoquer par une prière générale la protection du Très Haut.

Le jeune moine, dont l'appétit s'était enfin émoussé n'y mit pas d'obstacle ; au contraire, il entonna d'une voix de stentor le psaume *Exaudi nos*. Mais Gilbert lui imposa silence, et, les convives s'étant agenouillés, le père Eldred prononça à voix basse une fervente oraison.

La prière durait encore quand des gémissements entremêlés de coups de sifflet saccadés s'élevèrent du côté du réservoir ; la victime de Robin appelait les fuyards à son secours ; les fuyards, honteux d'avoir lâché pied, se rapprochèrent sans bruit, aidèrent le blessé à sortir du bain, le déposèrent presque mourant sous le hangar, et délibérèrent sur un nouveau plan d'attaque.

— Morts ou vifs, il faut nous emparer d'Allan Clare et de sa sœur, disait le chef de cette escouade de soudards, c'est l'ordre du baron Fitz-Alwine, et j'aimerais mieux braver le diable ou me laisser mordre par un loup enragé plutôt que de retourner près du baron les mains vides. Sans la maladresse de cet imbécile Taillefer, nous serions déjà rentrés au château.

Nos lecteurs devineront que le sacripant si bien traité par Robin se nommait Taillefer. Quant au baron Fitz-Alwine, ils feront prochainement connaissance avec lui; qu'il leur suffise maintenant de savoir que ce vindicatif personnage a juré la mort d'Allan, premièrement parce qu'Allan aime et est aimé de lady Christabel Fitz-Alwine sa fille; et que lady Christabel est destinée à un riche seigneur de Londres; secondement, parce que ce même Allan est possesseur de certains secrets politiques dont la révélation entraînerait la ruine et la mort du baron. Or, en ces temps de féodalité, le baron Fitz-Alwine, seigneur de Nottingham, avait droit de haute et de basse justice sur tout le comté, et il lui était facile d'employer sa maréchaussée à l'exécution de ses vengeances personnelles. Et quelle maréchaussée, grand Dieu! Taillefer en faisait le plus bel ornement.

— Allons, enfants, suivez-moi, la dague au poing, et n'épargnez personne si on résiste... Nous allons d'abord employer la douceur.

Et, après avoir ainsi parlé aux six coquins enrôlés au service de lord Fitz-Alwine, le chef frappa vigoureusement du pommeau de son épée à la porte de la maison et s'écria :

— Au nom du baron de Nottingham, notre haut et puissant seigneur, je vous ordonne d'ouvrir et de nous livrer...

Mais les aboiements furieux des chiens couvrirent sa voix, et on n'entendit qu'avec peine la phrase.

— Je vous ordonne de nous livrer le cavalier et la jeune femme qui se cachent chez vous.

Gilbert se tourna aussitôt vers Allan et sembla lui demander du regard s'il était coupable.

— Coupable, moi? répondit Allan. Oh! non, je vous le jure, brave forestier, je ne suis coupable d'aucun crime, d'aucune action déshonorante et punissable, et mes seuls torts, vous les connaissez...

— Fort bien. Vous êtes toujours mon hôte, alors, et nous vous devons aide et protection selon l'étendue de nos moyens.

— Ouvrirez-vous, satané rebelle! criait le chef des assaillants.

— Je n'ouvrirai pas.

— C'est ce que nous allons voir.

Et à coups de masse d'armes, le chef ébranla la porte, qui aurait cédé sans une barre de fer passée transversalement à l'intérieur.

Le but de Gilbert était de gagner du temps, afin d'achever ses préparatifs de défense ; il n'avait confiance en la solidité de sa porte que pour quelques instants, et il voulait que lorsqu'il l'ouvrirait lui-même les brigands trouvassent à qui parler.

Aussi ressemblait-il au commandant d'une citadelle sur le point d'être prise d'assaut ; il distribuait les rôles, désignait un poste à chacun, inspectait les armes, et recommandait surtout la prudence et le sang-froid. Mais du courage, il n'en parlait pas, car ceux qui l'entouraient avaient déjà fait leurs preuves.

— Ça ! bonne Maggie, dit Gilbert à sa femme, retire-toi avec cette noble demoiselle dans une chambre là-haut ; les femmes sont inutiles ici.

Marguerite et Marianne n'obéirent qu'à regret.

— Toi, Robin, va dire au vieux Lincoln que nous avons de l'ouvrage à lui donner, puis tu iras te poster à une fenêtre du premier, afin de surveiller les brigands.

— Et je ne me contenterai pas de les surveiller, répliqua le jeune homme, qui disparut en brandissant son arc. En dépit de l'obscurité, je saurai atteindre mon but.

— Vous avez votre épée, messire Allan; vous, mon père, votre bâton, et puisque la règle de votre ordre ne s'y oppose pas, vous en ferez un usage convenable.

— Je m'offre pour ôter les verrous de la porte, dit le jeune moine. Mon bâton inspirera peut-être du respect au premier arrivant.

— Soit. Séparons-nous, répondit Gilbert; moi, dans cet angle, d'où je ferai pleuvoir des flèches sur les intrus; vous, ici, Allan, prêt à vous porter de votre personne partout où il faudra du secours; toi, Lincoln...

En ce moment un vieillard d'une taille colossale et armé d'un bâton proportionné à sa taille entra dans la salle.

— Toi, Lincoln, de l'autre côté de la porte, vis-à-vis le bon frère, vos bâtons agiront de concert; mais d'abord, place de côté la table et les sièges, pour que le champ de bataille soit libre. Éteignons aussi les lumières, le foyer flamboyant donne assez de clarté. Quant à vous, mes braves chiens, ajouta le garde en caressant ses bouledogues, et toi, Lance, mon chéri, vous savez où il faut mordre, attention. Le père Eldred, qui prie maintenant pour nous, priera bientôt pour des éclopés et des trépassés.

En effet, le père Eldred se tenait agenouillé dans un angle de l'appartement avec ferveur, le dos tourné aux acteurs de ce drame.

Pendant cette mise en scène de la défense, les assaillants, fatigués de marteler inutilement la porte, avaient changé de tactique, et le cottage du forestier courait un grand danger. Heureusement que du haut de son observatoire Robin veillait.

— Père, vint-il dire en sourdine au haut de l'escalier, père, les brigands entassent du bois devant la porte et vont y mettre le feu ; ils sont sept en tout, sans compter le blessé, à moitié mort sans doute.

— Par la messe ! s'écria Gilbert, ne leur laissons pas le temps d'allumer un fagot ; mon bois est sec, et en un clin d'œil la maison flamberait comme un feu de joie de la Saint-Jean. Ouvrez vite, ouvrez, père bénédictin, et attention vous tous !

Le moine, se tenant de côté, allongea le bras, enleva la barre de fer, fit grincer les verrous, et un tas de broussailles s'écroula dans la salle par la porte entrouverte.

— Hourrah ! s'écria le chef des brigands, qui se précipita la tête la première dans la salle. Hourrah !

Mais il ne poussa que ce seul cri et ne fit qu'un pas, un seul ; Lance lui sauta à la gorge, le bâton de Lincoln et celui du père tombèrent simultanément sur sa nuque, et il roula immobile sur le sol.

L'homme qui le suivait eut le même sort.

Le troisième pareillement, mais les quatre autres bandits ayant pu entrer en lice, sans être arrêtés comme leurs précurseurs par les chiens qui ne lâchaient pas encore leur proie, un combat en règle s'engagea, combat que Gilbert et Robin, postés comme ils l'étaient, auraient pu faire cesser bien vite à leur avantage, en vidant les flèches de leurs carquois sur les ennemis qui attaquaient avec des lances ; mais Gilbert, plutôt que de verser du sang, préférait laisser au bénédictin et à Lincoln la gloire d'assommer en détail les sbires du baron Fitz-Alwine, et il se contentait, ainsi qu'Allan Clare, de tenir à la parade contre les coups de lance.

Le sang n'avait donc encore coulé que par les morsures des chiens ; Robin, honteux de son inaction, voulut montrer son savoir-faire, et digne élève de Lincoln en la science du bâton comme il l'était de Gilbert en celle de l'arc, il s'empara d'un manche de hallebarde et réunit ses moulinets aux moulinets terribles de ses partenaires.

À l'approche de Robin, un des bandits, un colosse, un Hercule, poussa des ricanements moqueurs et féroces, rompit d'une semelle devant Lincoln et le moine, et fit un retour offensif sur l'adolescent. Mais Robin, sans s'émouvoir, esquiva le coup de lance, qui eût pu l'embrocher, et, répondant par un coup droit et horizontal en pleine poitrine, envoya choir le bandit au long de la muraille.

— Bravo, Robin! cria Lincoln.

— Enfer et mort! murmura le bandit qui vomissait des caillots de sang et semblait près d'expirer.

Mais soudain, se redressant sur ses jarrets, il feignit un instant de chanceler, et, ivre de fureur, il se précipita sur Robin, le fer de sa lance en avant.

C'en était fait de Robin! Le malheureux, dans son triomphe, avait oublié de se mettre en garde, et la lance allait le transpercer rapide comme un éclair, quand le vieux Lincoln, qui ouvrait l'œil sur tout, renversa le meurtrier d'un coup de bâton perpendiculairement asséné sur le sommet du crâne.

— Et de quatre! s'écria-t-il alors en riant.

En effet, quatre bandits gisaient sur le sol, et il n'en restait plus que trois en bataille, lesquels semblaient plutôt disposés à prendre la fuite qu'à maintenir l'offensive.

C'est que l'énorme branche de cornouiller manœuvrée par le père bénédictin ne cessait de leur caresser les membres.

Qu'il était beau, le père, avec sa tête nue et enflammée d'une sainte colère, avec ses manches retroussées jusqu'aux coudes, avec sa longue robe relevée au-dessus des genoux!

L'ange Gabriel combattant le démon n'avait pas une prestance plus terrifiante.

Pendant que ce moine héroïque, devant lequel Lincoln se tenait en admiration, l'arme au bras, continuait la lutte, Gilbert, aidé de Robin et d'Allan, s'occupait à garrotter solidement les membres des vaincus qui respiraient encore. Deux d'entre eux demandaient merci, un troisième était mort ; le chef, celui que Lance cravatait toujours avec ses mâchoires, râlait horriblement et reprenait par moments assez de forces pour crier à ses compagnons :

— Tuez ! tuez ! tuez le chien !

Mais les compagnons ne l'entendaient pas, et l'eussent-ils entendu que leur défense personnelle les eût empêchés de lui porter secours.

Cependant, un homme, sur la présence duquel on ne comptait guère, osa venir à son secours ; Taillefer, qui avait été presque noyé dans le réservoir, et que ses confrères avaient déposé mourant sur la terre du hangar, Taillefer, ranimé par le bruit du combat, s'était glissé en rampant au milieu du champ de bataille et allait poignarder le brave Lance, lorsque Robin, l'apercevant tout à coup, le saisit par les épaules, le renversa sur le dos, lui arracha son poignard des mains et demeura agenouillé sur sa poitrine jusqu'à ce que Gilbert et Allan lui eussent garrotté bras et jambes.

Cette tentative de Taillefer devait accélérer la mort du chef ; Lance éprouva l'accès de fureur que tous les chiens éprouvent quand on veut leur arracher un os de la gueule ; il enfonça de plus en plus profondément ses dents aiguës dans la gorge de sa victime ; l'artère carotide et les veines jugulaires furent déchirées, et la vie du malfaiteur s'en alla avec son sang.

Instruits de la mort de leur chef, les bandits n'en continuèrent pas moins la lutte ; mais elle ne pouvait durer longtemps encore, la fuite même leur était devenue impossible depuis que Lincoln avait fermé et barré la porte, et ils étaient pris comme dans une souricière.

— Grâce ! cria l'un d'eux, étourdi, meurtri, moulu par les coups de bâton du moine.

— Pas de grâce ! répliqua le moine. Ah ! vous avez voulu des caresses, eh bien ! en voilà !

— Grâce ! pour l'amour de Dieu !

— Pas de grâce pour un seul !

Et la branche de cornouiller tombait sans cesse, et ne se relevait que pour retomber encore.

— Grâce ! grâce ! s'écrièrent-ils enfin tous à la fois.

— À bas les lances d'abord !

Ils jetèrent leurs lances par terre.

— À genoux maintenant !

Les bandits s'agenouillèrent.

— Très bien! Je n'ai plus alors qu'à essuyer mon bâton.

Le joyeux frère appelait «essuyer son bâton» envoyer une dernière et vigoureuse grêle de coups sur le dos des vaincus. Cela fait, il se croisa les bras, et, s'accoudant du coude droit sur l'extrémité de son arme vigoureuse, dans une position d'Hercule triomphant, il dit:

— Maintenant, c'est au patron du logis à décider de votre sort.

Gilbert Head était maître de la vie de ces sacripants; il aurait pu les mettre à mort selon les us et coutumes de l'époque, où chacun se rendait justice, mais il avait horreur du sang versé hors le cas de légitime défense; il prit donc un autre parti.

On releva les six blessés, on ranima les forces des plus maltraités, on leur lia les mains derrière le dos, on les attacha à la suite les uns des autres comme des galériens, et Lincoln, assisté du jeune moine, en conduisit cinq à quelques milles de la maison, dans un des plus épais fourrés de la forêt, où il les abandonna à leurs réflexions.

Taillefer ne faisait pas partie du convoi.

— Gilbert Head, avait-il dit au moment où Lincoln voulait le rattacher à la chaîne, Gilbert Head, faites-moi placer sur un lit; il faut que je vous parle avant de mourir.

— Non, chien d'ingrat ; je devrais plutôt te pendre à un arbre voisin.

— De grâce ! Écoutez.

— Non, tu vas marcher avec les autres.

— Écoutez, ce que j'ai à vous dire est de la dernière importance.

Gilbert allait refuser encore, mais il crut entendre sortir de la bouche de Taillefer un nom qui réveillait en lui tout un monde de douloureux souvenirs.

— Annette ! Il a prononcé le nom d'Annette ! murmura Gilbert, en se penchant aussitôt vers le blessé.

— Oui, j'ai prononcé le nom d'Annette, répondit faiblement le moribond.

— Eh bien ! parle, dis-moi tout ce que tu sais d'Annette.

— Pas ici ; là-haut, quand nous serons seuls.

— Nous sommes seuls.

Gilbert le croyait, car Robin et Allan s'occupaient alors à creuser à quelque distance de la maison un trou pour y ensevelir le mort, et Marguerite et Marianne n'avaient pas encore quitté leur retraite.

— Non, nous ne sommes pas seuls, dit Taillefer en montrant le vieux moine qui priait sur le cadavre du bandit.

Puis, saisissant le bras de Gilbert, le blessé essaya de se soulever de terre ; mais le vieillard le repoussa vivement.

— Ne me touche pas, mécréant !

Le malheureux retomba sur le dos, et Gilbert, attendri malgré lui, le releva doucement ; le souvenir d'Annette mitigeait sa colère.

— Gilbert, reprit Taillefer d'une voix de plus en plus faible, je vous ai fait beaucoup de mal ; mais je vais essayer de le réparer.

— Je ne demande pas de réparation ; j'écoute seulement ce que tu as à dire.

— Ah ! Gilbert, de grâce ! empêchez-moi de mourir... J'étouffe... rendez-moi la vie pour un instant, je vous dirai tout, là-haut ! là-haut !

Gilbert allait sortir pour appeler Robin et Allan afin qu'ils l'aidassent à transporter le moribond dans un lit, quand celui-ci, croyant que le garde forestier l'abandonnait, fit un nouvel effort pour se dresser sur son séant, et s'écria :

— Vous ne me reconnaissez donc pas, Gilbert ?

— Je te reconnais pour ce que tu es, un assassin, un maudit, un traître ! cria Gilbert le pied déjà sur le seuil de la porte.

— Je suis pire que tout cela, Gilbert ; je suis Ritson, Roland Ritson, le frère de votre femme.

— Ritson ! Ritson ! Ô sainte Vierge, mère de Dieu ! Est-ce possible ?

Et Gilbert vint tomber à genoux près du mourant qui se débattait dans les dernières angoisses de l'agonie.

V

À cette orageuse soirée succéda une nuit de calme et de silence. Le jeune moine et Lincoln étaient revenus de leur expédition dans la forêt pour enterrer le cadavre du bandit ; Marianne et Marguerite n'entendaient plus qu'en rêve le bruit de la bataille ; Allan, Robin, Lincoln et les deux moines réparaient leurs forces dans un profond sommeil ; seul Gilbert Head veillait encore.

Penché sur le lit de Ritson, toujours évanoui, il attendait plein d'anxiété que l'agonisant ouvrît les yeux et il doutait... il doutait que cet homme à la face livide et décomposée, aux traits stigmatisés par le vice et vieillis par la débauche plutôt que par l'âge, fût le joyeux et beau Ritson d'autrefois, le frère bien-aimé de Marguerite, le fiancé de la malheureuse Annette.

Et, joignant les mains, Gilbert s'écriait :

— Permets, mon Dieu, qu'il ne meure pas encore !

Dieu le permit, et quand le soleil levant inonda l'appartement de lumière, Ritson, comme s'il se réveillait du sommeil de la mort, tressaillit, poussa un long cri de repentir, et, saisissant la main de Gilbert, la porta à ses lèvres et balbutia ces mots :

— Me pardonnez-vous ?

— Parlez d'abord, répondit Gilbert qui avait hâte de recevoir des éclaircissements sur la mort de sa sœur Annette et sur la naissance de Robin ; je pardonnerai ensuite.

— Je mourrai donc moins malheureux.

Ritson allait commencer ses révélations, quand un bruit de voix joyeuses retentit dans la salle du rez-de-chaussée.

— Père, dormez-vous ? demanda Robin au bas de l'escalier.

— Il est temps de partir pour Nottingham si nous voulons revenir ce soir, ajouta Allan Clare.

— Et, s'il vous plaisait, messeigneurs, s'écriait le moine herculéen, je serais votre compagnon de voyage, car une bonne œuvre m'appelle au château de Nottingham.

— Allons, père, descendez qu'on vous dise adieu.

Gilbert descendit, mais à regret ; il craignait que le moribond n'expirât d'un instant à l'autre, et il s'arrangea de manière à remonter promptement auprès de lui et à ne plus être dérangé pendant cet entretien solennel d'où sortiraient sans doute des révélations importantes.

Il congédia donc immédiatement Robin, Allan et le moine ; Marianne et Marguerite devaient les accompagner à quelque distance de la maison, afin de s'égayer par une promenade matinale ; Lincoln fut envoyé sous un prétexte quelconque à Mansfeldwoohaus, et le père Eldred profita de l'occasion pour aller visiter le village : on devait se trouver réunis à la fin de la journée.

— Nous sommes seuls maintenant, parlez, je vous écoute, dit Gilbert en s'asseyant au chevet de Ritson.

— Je ne vous raconterai pas, frère, tous les crimes, toutes les actions monstrueuses dont je me suis rendu coupable. Ce récit serait trop long. À quoi bon d'ailleurs raconter tout cela ? Vous ne voulez savoir que deux choses : ce qui concerne Annette et ce qui concerne Robin, n'est-ce pas ?

— Oui ; mais parlez-moi d'abord de Robin, répondit Gilbert, car il craignit que le moribond n'eût pas le temps de faire tous ses aveux.

— Vous savez que je quittai Mansfeldwoohaus, il y a vingt-trois ans, pour entrer au service de Philippe Fitzooth, baron de Beasant. Ce titre avait été donné à mon maître par le roi Henri en récompense de services rendus pendant la guerre de France. Philippe Fitzooth était le fils cadet du vieux comte de Huntingdon, qui mourut longtemps avant mon entrée dans cette maison, et laissa ses biens et son titre à son fils aîné Robert Fitzooth.

«Quelque temps après cet héritage, Robert perdit sa femme par suite de couches, et concentra toutes ses affections sur l'héritier qu'elle lui laissa; faible et souffreteux enfant dont la vie ne fut entretenue qu'à l'aide de soins constants et minutieux. Le comte Robert, déjà inconsolable de la mort de sa femme, et désespérant de l'avenir de son fils, se laissa dominer par le chagrin, et mourut en confiant à son frère Philippe la mission de veiller sur l'unique rejeton de sa race.

«Désormais le baron de Beasant, Philippe Fitzooth avait un devoir impérieux à remplir. Mais l'ambition, le désir d'acquérir de nouveaux titres nobiliaires et d'hériter d'une fortune colossale lui fit oublier les recommandations de son frère, et, après quelques jours d'hésitation, il résolut de se débarrasser de l'enfant; mais il dut bientôt renoncer à ce projet, le jeune Robert vivant au milieu de nombreux domestiques, les laquais, les gardes, les habitants du comté lui étaient dévoués et n'eussent pas manqué de protester et même de se révolter si Philippe Fitzooth eût osé le dépouiller ouvertement de ses droits.

«Il temporisa donc en exploitant la faible constitution de l'héritier qui, selon les avis des médecins, ne tarderait pas à succomber si on lui donnait le goût de la débauche et des exercices violents.

« C'est dans ce but que Philippe Fitzooth me prit à son service. Déjà le comte Robert avait atteint sa seizième année, et, d'après les infâmes calculs de son oncle, je devais le pousser à sa perte par tous les moyens possibles, les chutes, les accidents, les maladies ; je devais tout tenter enfin pour qu'il mourût promptement, tout, sauf l'assassinat.

« Je l'avoue à ma honte, brave Gilbert, je fus un digne et zélé mandataire du baron de Beasant, qui ne pouvait surveiller mon travail de corrupteur et de meurtrier, puisque le roi Henri l'avait envoyé commander un corps d'armée en France. Dieu me pardonne ! j'aurais dû profiter de son absence pour déjouer cette trame odieuse ; au contraire, je m'efforçai de gagner la récompense promise pour le jour où je lui annoncerais la mort de Robert.

« Mais Robert en grandissant était devenu fort. La fatigue n'avait plus de prise sur lui ; nous avions beau courir de jour et de nuit, et par tous les temps, les plaines, les forêts, les tavernes et les mauvais lieux, c'était moi souvent qui criais le premier merci ! Mon amour-propre en souffrait, et si le baron m'eût alors écrit un mot, un seul mot à double entente à propos de cette santé merveilleuse et invincible, je n'eusse pas hésité à faire intervenir quelque poison lent pour accomplir mon œuvre.

« Ma tâche devenait donc plus rude de jour en jour, j'épuisais toutes les ressources de mon esprit sans trouver un moyen naturel d'ébranler l'étrange vigueur de mon élève ; je m'épuisais moi-même et j'étais sur le point de résilier mon marché avec le baron de Beasant quand je crus voir enfin quelques changements dans la physionomie et dans les allures du jeune comte ; ces changements presque imperceptibles d'abord devinrent peu à peu visibles, réels, importants ; il perdait sa vivacité et sa gaieté ; il demeurait triste et rêveur pendant de longues heures ; il s'arrêtait immobile au début d'un lancer, ou se promenait solitairement tandis que les chiens forçaient la bête ; il ne mangeait plus, ne buvait plus, ne dormait plus, fuyait les femmes, et me parlait à peine une ou deux fois le jour.

« Ne m'attendant à aucune confidence de sa part, je voulus l'espionner pour découvrir la cause d'un si grand changement ; mais l'espionnage était difficile, car il trouvait toujours des prétextes pour m'éloigner de lui.

« Un jour que nous étions en chasse, nous arrivâmes, à la poursuite d'un cerf, sur les lisières de la forêt de Huntingdon ; là le comte fit halte, et après un moment de repos il me dit d'un ton bref :

« – Roland, attendez-moi près de ce chêne ; je reviendrai dans quelques heures.

« – Oui, seigneur, répondis-je.

« Et le comte s'enfonça dans un fourré. Aussitôt j'attachai mes chiens à un arbre et m'élançai à sa piste, en suivant dans les broussailles les traces de son passage ; mais quelque diligence que je fisse il m'échappa, et j'errai longtemps, si longtemps que je finis par m'égarer.

« Tandis que, fort désappointé d'avoir manqué cette occasion de découvrir le mystère dont s'enveloppait Robert, je cherchais à retrouver l'arbre au pied duquel il m'avait ordonné de l'attendre, j'entendis à quelques pas de moi, derrière un bouquet d'arbustes, une douce voix, une voix de jeune fille... Je m'arrêtai, j'écartai sans bruit quelques branches, et je vis, assis l'un près de l'autre, causant et souriant, les mains entrelacées, mon maître et une belle enfant de seize ou dix-sept ans.

« – Ah ! ah ! pensai-je, voilà du nouveau auquel ne s'attend pas monseigneur le baron de Beasant ! Robert est amoureux ; cela explique ses insomnies, sa tristesse, son manque d'appétit et surtout ses promenades solitaires.

« Je prêtai une oreille attentive aux paroles des deux amants, espérant surprendre quelque secret ; mais je n'entendis rien d'autre que le langage usité en pareille circonstance.

« Le jour baissait : Robert se leva, et, prenant le bras de la jeune fille, la conduisit sur la lisière de la forêt, où l'attendait un domestique avec deux chevaux ; je les suivis de loin, là ils se séparèrent, et mon maître revint à grands pas où il m'avait laissé.

« J'eus le temps d'y arriver avant lui, et, quand il parut, les chiens étaient détachés et je donnais du cor à pleins poumons.

« – Pourquoi une telle sonnerie ? demanda-t-il.

« – Le soleil est couché, seigneur comte, répondis-je, et je craignais que vous ne vous fussiez égaré dans la forêt.

« – Je n'étais point égaré, répliqua-t-il froidement. Rentrons au château.

« Les entrevues de Robert et de sa bien-aimée se renouvelèrent longtemps. Pour les faciliter, Robert m'en confia le secret, et je ne racontai l'affaire au baron de Beasant qu'après m'être bien renseigné sur la position de la jeune fille. Miss Laura appartenait à une famille moins élevée dans la hiérarchie nobiliaire que celle de Robert, mais dont l'alliance était cependant honorable.

« Le baron me dit d'empêcher à tout prix le mariage de Robert avec cette miss Laura, il alla même jusqu'à m'ordonner de sacrifier la jeune fille.

«Cet ordre me parut fort cruel, fort dangereux, et surtout fort difficile à exécuter ; j'aurais
voulu refuser d'y obéir, mais le pouvais-je,
vendu que j'étais corps et âme au baron de
Beasant ?

«Je ne savais plus quel parti prendre ni à quel
démon demander conseil, lorsque, confiant et
indiscret comme l'est tout homme heureux,
Robert m'apprit que, ayant voulu être aimé
pour lui-même, il avait caché son rang à miss
Laura.

«Miss Laura le croyait fils d'un forestier, et
consentait, malgré cette basse extraction, à lui
donner sa main.

«Robert avait loué une maisonnette dans la
petite ville de Loockeys, en Nottinghamshire ; il
devait s'y réfugier avec sa jeune femme, et,
pour qu'on ne se doutât de rien, il annoncerait,
en quittant le château de Huntingdon, qu'il
allait passer quelques mois en Normandie près
de son oncle le baron de Beasant.

«Ce plan réussit à merveille ; un prêtre unit
clandestinement les deux amoureux ; je fus
l'unique témoin du mariage, et nous allâmes
vivre dans la maisonnette de Loockeys.

«Là s'écoulèrent de longs jours de bonheur,
en dépit des ordres pressants du baron, que je
tenais au courant de tout ce qui se passait, et
qui me menaçait de sa colère pour n'avoir point

mis obstacle à cette union... Dieu soit loué, maintenant! je n'en eus pas le pouvoir.

«Après une année de félicité sans nuages, Laura mit un fils au monde, mais la naissance de ce fils lui coûta la vie.

— Et ce fils, demanda anxieusement Gilbert, ce fils serait-ce...?

— Oui, c'est l'enfant que nous t'avons confié voilà quinze ans.

— Robin alors doit porter le nom de comte de Huntingdon?

— Oui, Robin est comte, Robin...

Et Ritson, qui, soutenu par la fièvre du remords, avait pu parler si longuement, sembla près de rendre le dernier soupir, maintenant que Gilbert interrompait sa narration.

— Ah! mon fils adoptif est comte, répéta orgueilleusement le vieux Gilbert Head, comte de Huntingdon! Achèvez, frère, achèvez l'histoire de mon Robin.

Ritson réunit tout ce qui lui restait de force et continua ainsi:

— Robert, fou de douleur, repoussa les consolations, perdit courage et tomba sérieusement malade.

«Le baron de Beasant, mécontent de ma surveillance, m'avait annoncé son prochain retour; je crus agir selon ses désirs en faisant enterrer la comtesse Laura dans un couvent du voisinage, sans révéler sa qualité de femme du comte Robert, et je plaçai l'enfant en nourrice chez une fermière de mes connaissances. Sur ces entrefaites, le baron de Beasant revint en Angleterre, et, trouvant favorable à ses projets de ne pas démentir la prétendue excursion de Robert en France, il le fit transporter au château en annonçant qu'il était tombé malade pendant le voyage.

«Le sort favorisait le baron de Beasant, il touchait au but de ses désirs, il se voyait déjà héritier des titres et de la fortune du comte de Huntingdon : Robert allait mourir...

«Quelques instants avant de rendre le dernier soupir, cet infortuné jeune homme manda le baron à son chevet, lui raconta son mariage avec Laura, et lui fit jurer sur l'Évangile d'élever l'orphelin. L'oncle jura... mais le cadavre du malheureux Robert n'était pas encore refroidi que le baron m'appelait dans la chambre mortuaire, et à son tour me faisait jurer sur l'Évangile de ne jamais révéler, sa vie durant, ni le mariage de Robert, ni la naissance de son fils, ni les circonstances de sa mort.

«J'avais l'âme navrée ; je pleurais au souvenir de mon maître, ou plutôt de mon élève, de mon compagnon, si doux, si bon, si magnifique pour moi et pour tous ; mais il fallait obéir au baron de Beasant.

«Je jurai donc, et nous vous apportâmes l'enfant déshérité.

— Et le baron de Beasant, devenu comte de Huntingdon par usurpation, où est-il? demanda Gilbert.

— Il est mort dans un naufrage sur les côtes de France, et c'est moi qui l'accompagnais alors comme je l'accompagnai quand nous vînmes ici; c'est moi qui ai apporté en Angleterre la nouvelle de sa mort.

— Et qui donc lui a succédé?

— Le riche abbé de Ramsay, William Fitzooth.

— Quoi! c'est un abbé qui dépouille à son profit mon fils Robin?

— Oui, cet abbé me prit à son service, et voilà quelques jours il me chassa injustement, à la suite d'une dispute que j'eus avec un de ses valets. Je sortis de chez lui le cœur plein de rage et jurant de me venger... Et quoique la mort me rende impuissant, je me venge, car je ne connais guère Gilbert Head s'il permet que Robin soit longtemps encore privé de son héritage.

— Non, il n'en sera pas longtemps privé, répliqua Gilbert, ou je mourrai à la peine. Quels sont ses parents du côté de sa mère? Il est de leur intérêt que Robin soit reconnu comte d'Angleterre.

— Sir Guy de Gamwell est le père de la comtesse Laura.

— Comment! le vieux sir Guy de Gamwell, le même qui habite de l'autre côté de la forêt avec ses sept robustes fils, les hercules chasseurs de Sherwood ?

— Oui, frère.

— Eh bien ! avec son aide, je me fais fort de jeter hors du château de Huntingdon monsieur l'abbé, quoiqu'on l'appelle le riche, le puissant abbé de Ramsay, baron de Broughton.

— Frère, mourrai-je vengé ? demanda Ritson ouvrant à plein la bouche.

— Sur ma parole et sur mon bras, je jure, si Dieu me prête vie, que Robin sera comte de Huntingdon en dépit de tous les abbés de l'Angleterre !... et cependant il y en a un joli nombre.

— Merci ! J'aurai du moins réparé quelques-uns de mes torts.

L'agonie de Ritson se prolongeait, et de temps en temps il reprenait quelques forces pour faire de nouveaux aveux. Il n'avait pas tout dit encore ; était-ce par honte, ou bien les approches de la mort obscurcissaient-elles sa mémoire ?

— Ah ! reprit-il après un long râle, j'oubliais une chose importante... bien importante...

— Parlez, dit Gilbert en lui soutenant la tête, parlez.

— Ce cavalier et cette jeune dame auxquels vous avez donné l'hospitalité...

— Eh bien ?

— Je voulais les tuer. Hier... le baron Fitz-Alwine m'avait payé pour cela, et de peur que je manquasse de les rencontrer, il avait envoyé à leur poursuite ces gens, mes complices, que vous avez battus ce soir. Je ne sais pourquoi le baron en veut à la vie de ces deux personnes... mais avertissez-les de ma part qu'elles se gardent bien d'approcher du château de Nottingham.

Gilbert frémit en pensant qu'Allan et Robin étaient partis pour Nottingham, mais il était trop tard pour les avertir du danger.

— Ritson, dit-il, je connais un père bénédictin qui n'est pas loin d'ici ; voulez-vous que j'aille le chercher ? Il vous réconciliera avec Dieu.

— Non, je suis damné, damné, damné, et d'ailleurs il n'arriverait pas à temps... je meurs.

— Courage, frère.

— Je meurs, et si vous me pardonnez, Gilbert, promettez-moi de m'enterrer entre le chêne et le hêtre qui sont là-bas à l'angle du carrefour de Mansfeldwoohaus ; vous creuserez ma tombe entre eux. Le promettez-vous ?

— Je le promets.

— Merci, bon Gilbert...

Puis Ritson ajouta en tordant ses membres de désespoir :

— Ah ! vous ne connaissez pas tous mes crimes ! Il faut que j'avoue tout !... Mais si j'avoue tout, promettrez-vous encore de m'enterrer là-bas ?

— Je le promets encore.

— Gilbert Head, vous aviez une sœur! Vous en souvenez-vous?

— Oh! s'écria Gilbert qui devint pâle et dont les mains se joignirent convulsivement, si je m'en souviens! Qu'avez-vous à me dire de ma pauvre sœur, perdue dans la forêt, enlevée par un hors-la-loi, ou dévorée par les loups; Annette, ma douce et belle Annette!

Ritson frissonna du frisson de la mort, et d'une voix presque éteinte il dit:

— Vous aimiez ma sœur Marguerite, Gilbert, moi j'aimais la vôtre; je l'aimais à la folie, je l'aimais jusqu'au délire, et vous ignoriez tous que je l'aimais ainsi. Un jour je la rencontrai dans la forêt, et j'oubliai qu'un homme d'honneur doit respecter la jeune fille dont il veut faire sa femme. Annette me repoussa avec mépris et jura qu'elle ne me pardonnerait jamais ma faute... J'implorai sa grâce, je tombai à ses genoux, je parlais de mourir... Elle s'attendrit, et là-bas, sous les arbres où je veux être enterré, nous échangeâmes nos serments d'amour... Quelques jours après, je la trompai d'une manière indigne, affreuse... un de mes amis, déguisé en prêtre, nous maria secrètement.

— Enfer et mort! rugit Gilbert ivre de colère et se cramponnant au bois du lit pour résister à la tentation d'étrangler le misérable.

— Oui, je mérite la mort, et la mort va venir... Gilbert, ne me tuez pas, je ne vous ai pas tout dit encore... Annette croyait donc être ma femme; elle était trop pure, trop innocente pour soupçonner ma perfidie, et elle ajoutait foi aux raisons que j'inventais pour me dispenser de dévoiler notre union à sa famille; je reculais toujours le moment de cette révélation, lorsqu'elle devint mère. Il lui était désormais impossible d'habiter sous le toit de son père. Vous épousâtes alors ma sœur; le moment de tout avouer était donc venu, et elle me conjura de le faire; mais je ne l'aimais plus, et je rêvais aux moyens de quitter le pays sans l'avertir de mon départ. Un soir Annette m'attendait sous le chêne où j'avais juré de l'aimer éternellement: j'allai au rendez-vous, la tête remplie de pensées sinistres, et j'écoutai froidement ses prières, ses reproches entremêlés de larmes et de sanglots. Ah! que ne restai-je sourd et indifférent lorsque, éperdue à mes pieds et serrant mes genoux sur sa poitrine, elle me supplia de la frapper de mon poignard plutôt que de l'abandonner. À peine ces mots: «Tue-moi!» furent-ils tombés de ses lèvres que le démon, oui, le démon, me poussa à m'armer de mon poignard, et... je frappai une fois, deux fois, trois fois... Nous étions seuls, la nuit était obscure; je restai là debout, immobile, je n'avais pas conscience de mon crime, je ne me souvenais plus d'avoir frappé, et je ne pensais à rien, je crois; quand soudain j'éprouvai aux jambes une sensation de chaleur : c'était le sang d'Annette qui ruisselait sur moi !... Réveillé de ma léthargie, averti de mon crime, je voulus fuir alors ; mais ses mains enserrèrent mes pieds, et j'entendis sa douce voix qui disait : « Mon Roland, merci ! » Oh ! Dieu voulut alors me punir pour toute ma vie, car en ce moment où je comprenais l'étendue de mon forfait, il me refusa la force de me poignarder sur le cadavre de la pauvre Annette.

— Misérable ! misérable ! qui avez tué ma sœur ! répéta Gilbert chaque fois que Ritson s'arrêtait pour reprendre haleine. Qu'avez-vous fait de son corps, assassin, infâme assassin ?

— Pendant qu'elle me disait merci, les rayons de la lune, traversant le feuillage, éclairèrent sa pâle figure, et je lus mon pardon dans ses yeux... Puis elle me tendit la main et poussa son dernier soupir, après avoir murmuré ces mots : « Merci, Roland, merci, car je préfère la mort à la vie sans ton amour ! Je désire qu'on ignore toujours ce que je suis devenue... enfouis mon corps au pied de cet arbre. » Je ne sais combien de temps je demeurai foudroyé, évanoui près du cadavre de la malheureuse Annette ; je ne revins à moi que sous l'impression d'une vive douleur, il me semblait que les chairs de mon bras étaient déchiquetées par des dents aiguës ; je ne me trompais pas : c'était un loup, qui, attiré par l'odeur du sang, arrivait à la curée... La lutte que je soutins avec cet animal me rendit tout mon sang-froid ; je compris que si je n'enfouissais pas au plus tôt le corps de ma victime, mon crime serait découvert ; je creusai donc une tombe entre le chêne et le hêtre dont je vous ai parlé, et quand j'y eus déposé la pauvre Annette, je m'enfuis, et, bourrelé de remords, je vagabondai dans la forêt jusqu'au jour... C'est alors que vous me rencontrâtes étendu sur le sol, couvert de morsures et baigné dans mon sang... les loups me poursuivaient, ils allaient me dévorer, et sans vous je recevais déjà le châtiment de mon crime !... Le lendemain, quand on s'alarma de la disparition d'Annette, je n'eus garde d'avouer mon forfait, je vous aidai même dans vos recherches pour la découvrir, et je laissai croire qu'un hors-la-loi l'avait enlevée, ou qu'elle avait servi de pâture aux bêtes féroces...

Gilbert n'écoutait plus Ritson ; il sanglotait, appuyé sur le rebord de la fenêtre. En vain le misérable lui criait-il : « Je meurs ! je meurs ! n'oubliez pas le chêne ! » Il demeura longtemps à cette même place, immobile et abîmé dans sa douleur, et quand il revint près du lit, Ritson avait rendu le dernier soupir.

Pendant cette longue agonie de Roland Ritson, nos trois voyageurs pour Nottingham, Allan, Robin et le moine, le moine au robuste appétit, au cœur vaillant et aux membres vigoureux, cheminaient rapidement à travers l'immense forêt de Sherwood. Ils causaient, riaient et chantaient ; tantôt le gros moine racontait quelque aventure égrillarde, tantôt la voix argentine de Robin entamait une ballade, tantôt Allan, par ses réflexions spirituelles, captivait l'attention de ses compagnons de voyage.

— Maître Allan, dit tout à coup Robin, le soleil marque déjà midi, et mon estomac ne se souvient plus du déjeuner de ce matin. Si vous voulez m'en croire, nous gagnerons les bords d'un ruisseau qui coule à quelques pas d'ici ; j'ai des vivres dans mon sac, et nous mangerons en nous reposant.

— Ce que tu proposes est plein de sens, mon fils, répliqua le moine, et j'y adhère de tout mon cœur, je voulais dire de toutes mes dents.

— Je n'y mets pas d'obstacle, cher Robin, dit Allan ; mais permets-moi de te faire observer que je veux absolument arriver au château de Nottingham avant le coucher du soleil, et si ce que tu proposes nous en empêche, je préfère continuer ma route sans m'arrêter.

— À vos souhaits, messire, répondit Robin ; où vous irez, nous irons.

— Au ruisseau ! au ruisseau ! cria le moine ; nous ne sommes plus qu'à trois milles de Nottingham, et nous avons dix fois le temps d'y arriver avant la nuit ; ce n'est pas une heure de repos et un bon repas qui pourront nous en empêcher.

Rassuré par les paroles du moine, Allan consentit à faire halte, et ils allèrent s'asseoir sous l'ombre d'un grand chêne, au fond d'une délicieuse vallée où serpentait un petit ruisseau aux eaux limpides et transparentes, au lit pavé de cailloux blancs et roses, aux rives bordées d'herbes fleuries.

— Quel ravissant paysage ! s'écria Allan dont les regards inventoriaient les beautés de ce petit recoin du monde ; mais il me semble, cher Robin, que ce paradis terrestre est trop éloigné de ta demeure pour que tu viennes t'y reposer souvent.

— En effet, messire, nous n'y venons que rarement, une fois par année, et non pas quand tout verdit, quand tout fleurit, quand tout est beau comme aujourd'hui, mais quand l'hiver a tout dévasté et que le vent secoue lugubrement les branches des arbres dépouillées de leurs feuilles et chargées de givre ; notre cœur alors est rempli de tristesse, de même que le ciel est rempli de nuages, et le deuil de la nature sympathise avec le nôtre.

— Pourquoi ce deuil, Robin ?

— Voyez-vous ce hêtre qui s'élève là-bas au centre d'un massif d'églantiers ? Il y a une tombe sous ce hêtre, la tombe du frère de mon père, Robin Hood, dont je porte le nom. C'était quelque temps avant ma naissance : les deux forestiers revenaient de la chasse, quand ils furent assaillis par une bande de hors-la-loi ; ils se défendirent vaillamment, mais, hélas ! mon oncle Robin reçut une flèche en pleine poitrine et tomba pour ne plus se relever ; Gilbert vengea sa mort et lui éleva cet humble mausolée, devant lequel nous venons prier et pleurer chaque année, le jour anniversaire du malheur.

— Il n'y a pas d'endroit en l'univers, quelque beau qu'il soit, que l'homme n'ait profané, dit sentencieusement le moine.

Puis, changeant de ton, il ajouta avec une joyeuse impatience :

— Holà ! Robin, laisse dormir ton mort, et pense aux vivants qui t'accompagnent ; un mort n'a pas faim, et la faim nous taquine. Voyons, ça ! ouvre ta besace ; elle contient, as-tu dit, des trésors de provisions.

Assis sur l'herbe au bord du ruisseau, les trois compagnons banquetèrent largement, grâce à la prévoyance de la bonne Marguerite, et une volumineuse gourde, remplie d'un vieux vin de France, passa et repassa si souvent des mains aux lèvres et des lèvres aux mains que la gaieté de chacun devint très expansive, et que le temps consacré à cette halte se prolongea indéfiniment sans qu'ils s'en aperçussent. Robin chantait, chantait sans relâche. Allan, transporté au septième ciel, décrivait pompeusement les charmes et les qualités de lady Christabel. Le moine bavardait à tort et à travers, et déclarait aux échos qu'il se nommait Gilles Sherbowne, qu'il appartenait à une bonne famille de campagnards, qu'il préférait à la vie de couvent la vie active et indépendante du forestier, et qu'il avait acheté et payé fort cher au supérieur de son ordre le droit d'agir à sa guise et de manier le bâton.

— On m'a surnommé le frère Tuck, ajoutait-il, à cause de mon talent bâtonniste et de l'habitude que j'ai de relever ma robe jusqu'aux genoux. Je suis bon avec les bons et méchant avec les méchants, je donne un coup de main à mes amis et un coup de bâton à mes ennemis, je chante la ballade pour rire et la chanson à boire à qui aime à rire, à qui aime à boire, je prie avec les dévots, j'entonne des Oremus avec les bigots, et j'ai de joyeux contes à raconter à ceux qui détestent les homélies. Voilà, voilà le frère Tuck ! Et vous, messire Allan, dites-nous donc qui vous êtes.

— Volontiers, si vous me laissez parler, répondit Allan.

En ce moment Robin tenait à la main sa gourde, qui n'était pas tout à fait vide, et frère Tuck allongeait le bras pour s'en saisir.

— Hop ! minute ! s'écria le jeune homme ; je vous donnerai la gourde, frère Tuck, si vous n'interrompez pas messire Allan Clare.

— Donne, je n'interromprai pas.

— C'est ce que nous verrons quand le chevalier aura fini.

— Méchant Robin! la soif m'étrangle!

— Eh bien! jettez votre soif à l'eau.

Le moine fit une longue grimace de dépit, et s'étendit sur l'herbe comme pour dormir au lieu d'écouter l'histoire d'Allan Clare.

— Je suis d'origine saxonne, dit ce dernier; mon père était l'intime ami du premier ministre d'Henri II, Thomas Becket, et cette amitié causa tous ses malheurs, car il fut exilé à la mort de ce ministre.

Robin allait imiter le moine, car il ne s'intéressait guère aux éloges pompeux que le chevalier faisait de ses ancêtres et de sa famille; mais il cessa d'être indifférent dès que le nom de Marianne fut prononcé et, le cœur dans les oreilles, il écouta... il écouta si attentivement qu'il ne s'aperçut pas que Tuck se redressait sur son séant et lui enlevait des mains sa gourde. Chaque fois qu'Allan cessait de parler de la belle Marianne, Robin trouvait le moyen de ramener la conversation sur elle; il dut cependant permettre au chevalier de parler de ses amours et de s'extasier longuement sur les charmes de la noble Christabel, la fille du baron de Nottingham. Le chevalier, devenu très communicatif sous l'influence du vin de France, parla ensuite de sa haine pour le baron.

— Quand les faveurs de la cour pleuvaient sur ma famille, dit-il, le baron de Nottingham souriait à nos amours et m'appelait son fils; mais dès que la fortune nous fut contraire, il me ferma sa porte et jura que Christabel ne serait jamais ma femme; je jurai à mon tour de faire fléchir sa volonté et de devenir l'époux de sa fille, et depuis lors j'ai lutté sans cesse pour atteindre mon but, et je crois avoir réussi... Ce soir, oui, ce soir, il m'accordera la main de Christabel, ou il sera puni de sa forfanterie. Grâce au hasard, j'ai découvert un secret dont la révélation entraînerait sa ruine et sa mort, et je vais lui dire en face : «Baron de Nottingham, je vous propose un échange : mon silence contre votre fille.»

Allan aurait continué sur ce ton longtemps encore, et Robin, qui établissait dans son esprit des comparaisons entre Marianne et Christabel, n'avait garde de l'interrompre, lorsqu'il s'aperçut que le soleil baissait à l'horizon.

— En route, dit Allan.

— En route, frère Tuck, ajouta Robin.

Mais frère Tuck dormait couché sur le côté, et tenait la gourde vide aplatie sur son cœur.

Robin laissa au chevalier le soin de réveiller le moine et courut s'agenouiller sur la tombe du frère de Gilbert; il se serait cru coupable d'un sacrilège s'il avait quitté ces lieux sans remplir ce pieux devoir.

Il se signait après une courte prière quand il entendit un grand bruit de cris, de juremens et de rires; le chevalier et le moine se battaient, ou plutôt le moine faisait tournoyer son terrible bâton sur la tête d'Allan, et Allan cherchait à parer les coups avec sa lance, et riait, riait à gorge déployée, tandis que le bénédictin vociférait des malédictions.

— Holà! messeigneurs, quelle mouche vous pique? s'écria Robin.

— Si votre lance pique fort, mon bâton tape dur, beau chevalier, disait le moine enflammé de colère.

Allan riait en se sauvegardant des atteintes du moine; cependant, à la vue de quelques gouttes de sang qui tombaient de dessous la robe du frère et rougissaient le gazon, il comprit que la colère de son adversaire était légitime, aussi demanda-t-il immédiatement merci. Le moine interrompit donc ses moulinets en grognant sourdement et en manifestant tous les symptômes d'une vive douleur; et portant sa main derrière lui presque au bas de sa robe, il répondit au jeune archer qui s'enquérait des causes de la dispute:

— Les causes, les causes sont là, et c'est une honte, un crime que de troubler les dévotions d'un saint homme comme moi en lui enfonçant un fer de lance dans un endroit où la pointe ne rencontre point d'os.

Allan s'était avisé de réveiller le moine en lui lardant le bas des reins avec la pointe de sa lance ; certes, il avait voulu rire et non blesser jusqu'au sang le pauvre Tuck, aussi lui fit-il des excuses en règle et, la paix conclue, la petite caravane reprit la route de Nottingham. En moins d'une heure elle atteignit la ville et gravit la colline au sommet de laquelle s'élevait le château féodal.

— On m'ouvrira la porte du castel quand je demanderai à parler au baron, dit Allan ; mais vous, mes amis, quel motif donnerez-vous pour me suivre ?

— Ne vous inquiétez pas de cela, messire, répondit le moine. Il y a au château une jeune fille dont je suis le confesseur, le père spirituel ; cette jeune fille commande quand il lui plaît les manœuvres du pont-levis, et, grâce à son autorité, j'ai mes entrées au château de nuit aussi bien que de jour ; faites attention à vous, beau chevalier, vous gâteriez vos affaires en agissant avec le baron aussi rudement qu'avec moi ; c'est un vrai lion que vous allez relancer jusque dans sa caverne, prenez-le par la douceur, sinon malheur à vous, mon fils.

— J'aurai à la fois de la douceur et de la fermeté.

— Dieu vous inspire ! mais nous voici arrivés, attention ! Et d'une voix de stentor, le moine s'écria : Que la bénédiction de mon vénéré patron, le grand saint Benoît, répande ses bienfaits sur toi et sur les tiens, maître Herbert Lindsay, gardien des portes du château de Nottingham ! Laisse-nous entrer ; j'accompagne deux amis : l'un désire entretenir ton maître de choses très importantes ; l'autre a besoin de se rafraîchir, de se reposer, et moi, si tu le permets encore, je donnerai à ta fille les conseils spirituels que réclame l'état de son âme.

— Comment, c'est vous, joyeux et honnête Tuck, la perle des moines de l'abbaye de Linton ? répondit-on de l'intérieur avec cordialité. Soyez les bienvenus, vous et vos amis, mon très cher gentleman.

Aussitôt le pont-levis s'abaissa et les voyageurs pénétrèrent dans le château.

— Le baron s'est déjà retiré dans sa chambre, répondit maître Hubert Lindsay, le porte-clefs, à Allan, qui voulait être conduit sans retard près du baron, et si les paroles que vous avez à dire à milord ne sont pas des paroles de paix, je vous conseillerais de remettre cette entrevue à demain, car ce soir le baron est en proie à une violente colère.

— Est-il malade ? demanda le moine.

— Il a sa goutte dans une épaule, et souffre comme un damné ; si on le laisse seul, il grince des dents et appelle au secours ; si on l'approche, il écume de rage et menace de mort quiconque ose lui dire un mot de consolation. Ah ! mes amis, ajouta maître Hubert avec tristesse, depuis que monseigneur a reçu des coups de cimeterre sur la tête au pays de Jérusalem, il a perdu la patience et le bon sens.

— Ses fureurs ne m'inquiètent pas, dit Allan, je veux lui parler sur-le-champ.

— À vos souhaits, monsieur. Ohé ! Tristan, cria le gardien en interpellant un domestique qui traversait la cour, donne-moi des nouvelles de l'humeur de Sa Seigneurie.

— Toujours la même ; il tempête et rugit comme un tigre, parce que son médecin a fait un faux pli à l'un de ses bandages. Figurez-vous, messieurs, que le baron a chassé le pauvre médecin à grands coups de pied, et qu'ensuite, armé de son poignard, il m'a contraint de remplacer le docteur, en me disant d'une voix terrible qu'à la moindre maladresse il me couperait le nez.

— Je vous en conjure, messire chevalier, reprit tristement Hubert, ne paraissez pas ce soir devant monseigneur, attendez.

— Je n'attendrai pas une minute, pas une seconde ; conduisez-moi à sa chambre.

— Vous l'exigez ?

— Je l'exige.

— Que Dieu vous garde alors! dit le vieux Lindsay en faisant un grand signe de croix. Tristan, conduis ce gentleman.

Tristan devint livide de peur et trembla de tous ses membres; il se félicitait d'être sorti sain et sauf d'entre les griffes de cette bête féroce, et n'était pas d'avis de s'y exposer de nouveau; il calculait avec raison que la colère du baron tomberait sur l'introducteur aussi bien que sur le visiteur.

— Monseigneur attend sans doute la visite de ce gentilhomme? demanda-t-il d'un air embarrassé.

— Non, mon ami.

— Voulez-vous me permettre alors de prévenir monseigneur?

— Non, je veux vous suivre; conduisez-moi.

— Ah! s'écria douloureusement le pauvre diable, je suis perdu!

Et il s'éloigna suivi d'Allan, pendant que le vieux porte-clefs disait en riant:

— Ce pauvre Tristan, il monte l'escalier de la chambre du baron aussi gaiement que celui d'un échafaud. Par la sainte messe! son cœur doit battre la chamade. Mais je perds ici mon temps, mes braves, au lieu de passer la revue des sentinelles placées sur les murailles. Frère Tuck, vous trouverez ma fille dans l'office, allez l'y rejoindre, et, s'il plaît à Dieu, je me rendrai auprès de vous avant une heure.

— Grand merci, dit le moine.

Et, suivi de Robin, il s'engagea dans un dédale de couloirs, de galeries et d'escaliers où Robin se serait égaré mille fois. Frère Tuck, au contraire, possédait la connaissance exacte des lieux ; l'abbaye de Linton ne lui était pas plus familière que le château de Nottingham, et ce fut avec l'aisance et l'aplomb d'un homme content de lui-même et fier de certains droits acquis depuis longtemps qu'il frappa à la porte de l'office.

— Entrez, dit une voix juvénile et fraîche.

Ils entrèrent, et, à la vue du grand moine, une jolie fille de seize ou dix-sept ans à peine, au lieu de s'alarmer, s'élança vivement au-devant d'eux et les accueillit avec un coquet et bienveillant sourire.

— Ah ! ah ! pensa Robin, voici donc la naïve pénitente du saint moine. Par ma foi ! cette belle enfant aux yeux pétillants de gaieté, aux lèvres rouges et souriantes, est la plus jolie chrétienne que j'aie jamais vue.

Robin ne put dissimuler l'impression que produisait sur lui la beauté de l'aimable fille, car lorsque la belle Maude tendit vers lui ses deux petites mains pour lui souhaiter la bienvenue, Tuck, en bon frère qu'il était alors, s'écria :

— Ne te contente pas de ces mains, mon garçon, vise aux lèvres, aux jolies lèvres vermeilles, et embrasse-les ; à bas la timidité ! la timidité, c'est une vertu des sots.

— Fi donc ! répliqua la jeune fille en secouant la tête d'un air moqueur, fi donc ! Comment osez-vous dire de pareilles choses, mon père ?

— Mon père ! mon père ! répéta le moine avec fatuité.

Robin suivit le conseil du moine en dépit de la faible résistance opposée par la jeune fille, et Tuck donna ensuite le baiser de grâce, puis le baiser de paix... enfin, soyons franc, et avouons que Maude traitait le frère Tuck beaucoup plus en amoureux qu'en conseiller spirituel ; avouons aussi que les allures du frère étaient fort peu canoniques.

Robin le remarqua, et pendant qu'ils faisaient honneur aux rafraîchissements et aux vivres dont Maude avait chargé une table, il insinua d'un air candide que le moine ne ressemblait guère à un confesseur redoutable et respecté.

— Un peu d'affection et d'intimité entre parents n'a rien de répréhensible, dit le moine.

— Ah ! vous êtes parents ? Je l'ignorais.

— À un très proche degré, mon jeune ami, très proche et très peu prohibé, c'est-à-dire que mon grand-père était fils d'un des neveux du cousin de la grand-tante de Maude.

— Ah ! ah ! voilà un cousinage parfaitement établi.

Maude rougissait pendant ce dialogue et semblait implorer la pitié de Robin. Les bouteilles se vidèrent, l'office retentit du choc des verres, du bruit des rires et du murmure de quelques baisers dérobés à Maude.

Au moment le plus joyeusement animé de la soirée, la porte de l'office s'ouvrit brusquement, et un sergent, accompagné de six soldats, apparut sur le seuil.

Le sergent salua courtoisement la jeune fille, et, jetant un regard sévère sur les convives, il dit :

— Êtes-vous les compagnons de l'étranger qui est venu rendre visite à notre seigneur, lord Fitz-Alwine, baron de Nottingham ?

— Oui, répondit Robin d'un ton dégagé.

— Et après ? demanda audacieusement frère Tuck.

— Suivez-moi tous deux dans la chambre de monseigneur.

— Pour quoi faire ? demanda encore Tuck.

— Je l'ignore ; j'ai des ordres, obéissez.

— Mais avant de partir buvez un coup, dit la belle Maude en présentant au soldat un verre rempli d'ale ; cela ne peut pas vous faire de mal.

— Volontiers.

Et après avoir vidé son verre, le sergent renouvela aux convives de Maude l'ordre de le suivre.

Robin et Tuck obéirent, laissant à regret la jolie Maude seule et triste dans l'office.

Après avoir traversé d'immenses galeries et une salle d'armes, le soldat arriva devant une grande porte en chêne solidement fermée, et frappa trois coups violents sur cette porte.

— Entrez, cria-t-on brusquement.

— Suivez-moi de près, dit le sergent à Robin et à Tuck.

— Entrez, mais entrez donc, sacripants, bandits, gibiers de potence ; entrez, répétait d'une voix tonnante le vieux baron. Entrez, Simon.

Le sergent ouvrit enfin la porte.

— Ah ! vous voilà, coquins ! Où as-tu perdu ton temps depuis que je t'ai envoyé à leur recherche ? dit le baron en jetant sur le chef de la petite troupe des regards foudroyants.

— S'il plaît à Votre Seigneurie, j'ai...

— Tu mens, chien ! Comment oses-tu t'excuser après m'avoir fait attendre pendant trois heures ?

— Trois heures ? Milord se trompe, il y a à peine cinq minutes qu'il m'a donné l'ordre de conduire ici ces gens.

— L'insolent esclave ! Il ose me donner un démenti, et à ma barbe encore ! Coquins, ajouta-t-il en s'adressant aux soldats ébahis, n'obéissez pas à ce traître ; enlevez-lui ses armes, saisissez-vous de lui, emportez-le dans un cachot, et s'il ose vous résister en route, jetez-le sans pitié dans les oubliettes! Alerte, obéissez!

Les soldats s'encouragèrent mutuellement du regard et s'approchèrent de leur chef pour le désarmer; le sergent, plus mort que vif, gardait le silence.

— Coquins, reprit le baron, osez-vous bien toucher à cet homme avant qu'il ait répondu aux questions que je lui poserai?

Les soldats reculèrent.

— Maintenant, scélérat, maintenant que je t'ai donné des preuves de ma bonté en empêchant ces brutes de te désarmer, hésiteras-tu encore à répondre et à me dire si ces deux chiens que voilà sont les compagnons de ce hardi mécréant qui a osé venir m'insulter en face?

— Oui, milord.

— Et comment le sais-tu, imbécile? Comment l'as-tu appris? Comment t'en es-tu assuré?

— Ils me l'ont avoué, milord.

— Tu as donc osé les interroger sans ma permission?

— Milord, ils me l'ont dit quand je leur ai commandé de me suivre devant vous.

— Ils me l'ont dit, ils me l'ont dit, répéta le baron en contrefaisant la voix tremblante du pauvre soldat ; belle raison ! Tu crois donc ce que te dit le premier venu ?

— Milord, je pensais...

— Silence, fripon ! En voilà assez ; sortez d'ici.

Le sergent fit faire volte-face à ses hommes.

— Attendez !

Le sergent commanda halte.

— Non, partez, partez !

Le sergent fit de nouveau un signe de départ.

— Et où allez-vous ainsi, misérables ?

Le sergent pour la seconde fois commanda halte.

— Mais sortez donc, vous dis-je, chiens de plomb, escargots de milice, sortez !

Cette fois-ci l'escouade ne manqua pas la sortie, et elle rentrait au poste quand le vieux baron grondait encore.

Robin avait attentivement suivi les phases diverses de cette intéressante conversation entre Fitz-Alwine et le sergent ; il en était ahuri et regardait avec des yeux plus étonnés qu'effrayés le fougueux et bizarre seigneur du château de Nottingham.

Cinquante ans environ, taille moyenne, yeux petits et vifs, nez aquilin, longues moustaches et sourcils épais, les traits énergiques, la face colorée et presque injectée de sang, et une étrange expression de sauvagerie dans toutes les manières, voilà son portrait ; il portait une armure écaillée, et un large pardessus en étoffe blanche sur lequel se détachait en rouge la croix des paladins de terre sainte. Dans cette nature éminemment inflammable, vitriolique pour ainsi dire, la moindre contrariété provoquait des explosions terribles ; un regard, une parole, un geste qui lui déplaisaient le transformaient en ennemi implacable, et il ne rêvait plus alors que de vengeance, de vengeance à mort.

La tournure de l'interrogatoire qu'allaient subir nos deux amis annonçait de nouvelles tempêtes pour la soirée, et ce fut d'un ton sardonique et avec l'ironie de la cruauté que le baron s'écria :

— Avance à l'ordre, jeune loup de Sherwood, et toi aussi, moine vagabond, vermine de couvent, avance ! Vous me direz, j'espère, sans fard et sans cautèle, pourquoi vous avez osé pénétrer dans mon château, et quel plan de brigandage vous a fait quitter, l'un ses broussailles et l'autre son bouge ? Parlez et parlez franc, sinon je connais un procédé merveilleux pour arracher les paroles du gosier des muets, et, par saint Jean d'Acre ! ce procédé, je l'emploierai sur votre peau de mécréants.

Robin jeta sur le baron un regard de mépris et ne daigna pas lui répondre ; le moine garda le même silence et pressa convulsivement entre ses mains ce vaillant bâton, cette noble branche de cornouiller que vous connaissez déjà et sur laquelle il s'appuyait toujours, soit en marchant, soit au repos, afin de se donner un certain air de vénérabilité.

— Ah ! vous ne répondez pas ; vous boudez, mes gentilshommes, s'écria le baron ; et je ne puis savoir à quel motif je dois l'honneur de votre visite ? Savez-vous, messeigneurs, que vous êtes parfaitement bien couplés ? Un bâtard de hors-la-loi et un mendiant crasseux !

— Vous mentez, baron, répondit Robin ; je ne suis pas le bâtard d'un proscrit, et le moine n'est pas un mendiant crasseux ; vous mentez !

— Vils esclaves !

— Vous mentez encore ; je ne suis ni votre esclave ni celui de personne, et si ce moine allongeait le bras vers vous, ce ne serait pas pour mendier.

Tuck caressa son bâton.

— Ah ! ah ! le chien des bois, il ose me braver, m'insulter ! s'écria le baron étouffant de colère. Holà ! puisqu'il a les oreilles assez longues, qu'on le cloue par les oreilles sur la grande porte du château, et qu'on lui donne cent coups de verge.

Robin, pâle d'indignation, mais toujours plein de sang-froid, restait muet et regardait fixement le terrible Fitz-Alwine, tout en prenant une flèche dans son carquois. Le baron tressaillit, mais n'eut pas l'air de comprendre l'intention du jeune homme. Après une seconde de silence, il reprit d'un ton moins violent :

— La jeunesse excite ma commisération, et, en dépit de ton impertinence, je veux bien ne pas te faire jeter immédiatement dans un cachot ; mais il faut que tu répondes à mes questions, et en y répondant tu dois te souvenir que si je te laisse vivre, c'est par bonté d'âme.

— Je ne suis point en votre pouvoir aussi complètement que vous le pensez, noble seigneur, répondit Robin avec un dédaigneux sang-froid, et la preuve est qu'à toutes vos questions je m'abstiendrai de répondre.

Habitué à une obéissance passive et absolue de la part de ses serviteurs et des êtres plus faibles que lui, le baron stupéfait demeura bouche béante ; puis les pensées tumultueuses qui se heurtaient dans son cerveau se formulèrent en paroles incohérentes et en invectives.

— Ah ! ah ! reprit-il alors avec un rire strident, ah ! tu n'es pas en mon pouvoir, jeune ourson mal léché ? Ah ! tu veux garder le silence, métis de singe, enfant de sorcière ? Mais d'un geste, d'un regard, d'un signe, je puis t'envoyer en enfer. Attends, attends, je vais t'étrangler avec ma ceinture.

Robin, toujours impassible, avait bandé son arc et tenait une flèche prête pour le baron, quand Tuck intervint en disant d'une voix presque pateline :

— J'espère que Sa Seigneurie n'exécutera pas ses menaces.

Les paroles du moine opérèrent une diversion ; Fitz-Alwine se retourna vers lui comme un loup enragé vers une nouvelle proie.

— Enchaîne ta langue de vipère, moine du diable ! s'écria le baron en toisant Tuck de la tête aux pieds ; puis il ajouta, afin de rendre plus expressif son dédaigneux regard : Voilà bien le type de ces gloutons rapaces qu'on appelle frères mendiants.

— Je ne suis pas tout à fait de votre avis, monseigneur, répliqua placidement frère Tuck, et vous me permettrez de vous dire, avec tout le respect qui est dû à un grand personnage, que votre manière de voir, complètement fausse, dénote un manque total de bon sens. Vous avez peut-être perdu l'esprit dans un violent accès de goutte, milord ; peut-être encore l'avez-vous laissé au fond d'une bouteille de gin.

Robin partit d'un grand éclat de rire.

Le baron exaspéré saisit un missel et le lança à la tête du moine avec une telle force que le pauvre Tuck, violemment atteint, chancela, étourdi ; mais il se remit aussitôt, et, comme il n'était pas homme à recevoir un tel cadeau sans en témoigner immédiatement sa reconnaissance, il brandit son terrible bâton et en asséna un coup violent sur l'épaule goutteuse de Fitz-Alwine.

Le noble lord bondit, rugit, mugit comme le taureau d'un cirque à sa première blessure, et allongea le bras pour décrocher du mur sa grande épée des croisades ; mais Tuck ne lui en donna pas le temps, et conservant l'offensive, il administra une vigoureuse bastonnade au très haut, très noble et très puissant seigneur de Nottingham, qui, malgré sa pesante armure et ses infirmités de goutteux, courait à toutes jambes autour de l'appartement afin d'échapper autant que possible aux atteintes du terrible bâton.

Le baron appelait au secours depuis plusieurs minutes lorsque le sergent qui avait arrêté Tuck et Robin ouvrit la porte à demi, et, la tête passée entre les deux vantaux, demanda flegmatiquement si on avait besoin de lui.

Devenu ingambe comme à vingt ans, le baron ne fit qu'un saut du coin de la chambre où l'acculait la bastonnade de Tuck au seuil de la porte que le sergent n'osait franchir sans son ordre, même pour venir à son secours.

Pauvre sergent, il méritait d'être accueilli comme un sauveur, comme un ange gardien, et la colère du maître, impuissante contre le moine, se déchargea sur lui sous forme de coups de pied et de coups de poing.

Enfin, las de battre cet être inoffensif qui n'osait regimber, car à cette époque tout personnage noble était pour un vassal saintement inviolable, le baron reprit haleine et intima l'ordre au sergent d'appréhender au corps Robin et le moine et de les jeter dans un cachot.

Le sergent, hors des griffes de son seigneur, partit comme un trait en criant : « Aux armes ! aux armes ! » et revint aussitôt accompagné d'une douzaine de soldats.

À la vue de ce renfort, le moine saisit sur la table un crucifix d'ivoire, se plaça devant Robin qui voulait décocher quelques flèches, et s'écria :

— Au nom de la très sainte Vierge, au nom de son Fils, mort pour vous, je vous ordonne de me laisser passer. Malheur et excommunication à qui osera y mettre obstacle.

Ces paroles, prononcées d'une voix tonnante, pétrifièrent les soudards, et le moine sortit sans obstacle de l'appartement. Robin allait suivre son ami quand, sur un signe du baron, les soldats s'élancèrent sur le jeune homme, lui enlevèrent son arc et ses flèches, et le repoussèrent dans l'intérieur de la chambre.

Brisé de lassitude et meurtri de coups, le baron s'était jeté dans un fauteuil.

— À nous deux maintenant, dit-il, quand, après beaucoup d'efforts, il put parler, à nous deux.

Ces événements se passaient à une époque où il n'était pas prudent de s'attaquer aux fils de l'Église ainsi que pour son malheur l'avait éprouvé Henri II lors de sa querelle avec Thomas Becket. Le baron avait donc été obligé de laisser échapper le moine mais il comptait prendre sa revanche sur Robin.

— Tu as accompagné Allan Clare ici ? demanda-t-il d'un ton ironiquement calme. Pourrais-tu me dire pour quelle raison il s'est présenté chez moi ?

Tout autre que Robin se serait cru perdu, perdu sans rémission, en se voyant à la merci d'un personnage aussi cruel que le vieux Fitz-Alwine ; mais le jeune et vaillant archer de Sherwood était de ceux qui ne tremblent jamais, même devant une mort imminente et certaine, et il répondit avec un admirable sang-froid :

— Je sais que j'ai accompagné messire Allan Clare ici, mais j'ignore pour quelle raison il y est venu.

— Tu mens !

Robin sourit dédaigneusement, et le calme affecté du lord fit place à une violente explosion de colère ; mais plus cette colère se déchaînait, plus Robin souriait.

— Depuis combien de temps connais-tu Allan Clare ? reprit le baron.

— Depuis vingt-quatre heures.

— Tu mens, tu mens ! rugit le baron.

Irrité de toutes ces injures, Robin riposta froidement :

— Je mens, moi, je mens ? Mais c'est vous-même qui niez la vérité, intraitable vieillard ! Eh bien ! soit, je mens ; mais je ne mentirai plus, car désormais je garderai le silence.

— Enfant écervelé, tu veux donc être précipité du haut des remparts dans les fossés du château, ainsi que le sera dans une heure, après sa confession, ton complice Allan Clare ? Voyons, encore une question ; mais, si tu n'y réponds pas, c'en est fait de toi. N'avez-vous pas été attaqués en venant ici ?

Robin ne répondit pas. Fitz-Alwine exaspéré, mais concentrant sa fureur, quitta son fauteuil et s'arma de sa grande épée. Robin regardait fixement le baron ; il attendait. Cependant un meurtre allait être commis quand la porte s'ouvrit tout à coup et livra passage à deux hommes. Ces deux hommes avaient la tête enveloppée de linges ensanglantés, et ne marchaient qu'avec peine. Leurs vêtements étaient déchirés et souillés de boue, et ils semblaient sortir d'une lutte où ils n'avaient pas remporté la victoire. À l'aspect de Robin, ils poussèrent à l'unisson un cri de surprise, et Robin, non moins étonné, les reconnut comme étant les survivants de cette troupe de bandits qui la dernière nuit avait attaqué la demeure de Gilbert Head. La colère du baron remonta à son paroxysme quand ils eurent raconté les malheurs de la nuit et signalé Robin comme ayant été un de leurs plus terribles adversaires ; aussi n'attendit-il pas la fin du récit pour s'écrier avec rage :

— Enlevez ce misérable et jetez-le dans un cachot ! Vous l'y laisserez jusqu'à ce qu'il raconte ce qu'il sait de relatif à Allan Clare, et qu'il nous demande pardon à deux genoux de ses insolences... et d'ici là, ni pain ni eau, qu'il meure de faim.

— Adieu, baron Fitz-Alwine, répliqua Robin, adieu. Si je ne dois sortir de mon cachot qu'après avoir rempli ces deux conditions, nous ne nous reverrons jamais. Adieu donc pour toujours.

Les soldats rudoyaient déjà Robin pour hâter sa sortie de l'appartement quand, résistant à leurs efforts, le jeune homme, tourné vers le baron, ajouta encore :

— Seriez-vous assez bon, noble seigneur, pour vouloir faire prévenir Gilbert Head, l'honnête et courageux garde de la forêt de Sherwood, que vous avez l'intention de me loger sans me nourrir pendant quelque temps ? ... Vous me feriez plaisir et je vous adresse cette prière, milord, parce que vous êtes père et que vous devez comprendre les angoisses d'un père quand il ignore ce qu'est devenu son fils ou sa fille.

— Mille démons ! Enlèverez-vous ce bavard ?

— Oh! Ne supposez pas que je veuille vous tenir compagnie plus longtemps, illustre baron de Nottingham. Nous avons une mutuelle envie de nous séparer.

Dès que Robin fut sorti de la chambre du baron, il se mit à chanter à pleine voix et sa voix fraîche et argentine résonnait encore sous les sombres galeries du château quand la porte de la prison se referma sur lui.

VI

Le prisonnier écouta longtemps les mille bruits
confus du dehors, et lorsque le pas des hommes
d'armes ne troubla plus le silence des galeries,
il se mit à réfléchir sur la gravité de sa position.

La colère, les menaces du tout-puissant
châtelain ne l'épouvantaient guère, et il ne
pensait, le noble enfant, qu'aux inquiétudes et
à la douleur de Gilbert et de Marguerite qui
l'attendraient en vain, ce soir, demain et plus
longtemps peut-être.

Ces tristes pensées éveillèrent en Robin un
violent désir de liberté, et, de même qu'un
lionceau captif tournoie sans cesse autour de sa
cage pour découvrir une issue, de même Robin
tournoya autour de son cachot, frappant le sol
du pied, mesurant la hauteur de la lucarne,
étudiant les murailles, et supputant ce qu'il lui
faudrait de force, de ruse ou d'adresse pour
briser ou se faire ouvrir une porte bardée de fer,
dont la clef devait être entre les mains du
brutal cerbère.

Le cachot était petit et percé de trois ouvertures :
la porte, avec une petite lucarne au-dessus, et

vis-à-vis une autre lucarne plus grande; cette dernière, élevée de dix pieds au-dessus du sol, était garnie d'épais barreaux; l'ameublement se composait d'une table, d'un banc et d'une botte de paille.

— Évidemment, se disait Robin, le baron ne se montre pas aussi cruel qu'il est injuste, puisqu'il me laisse pieds et mains libres; profitons-en et voyons un peu ce qui se passe là-haut.

Et, plaçant le banc sur la table, Robin grimpa jusqu'à la lucarne à l'aide de ce banc dressé debout le long de la muraille.

Ô bonheur! sa main venait de saisir un des barreaux, et il reconnut que ces barreaux, au lieu d'être en fer, n'étaient qu'en chêne, et en chêne vermoulu. Il les ébranla facilement, facilement aussi il pourrait les briser; et quand même ils résisteraient à son poignet, n'étaient-ils pas assez espacés pour que sa tête passe entre eux, et ne savait-il pas que là où la tête passe le corps peut suivre?

Enchanté de cette découverte, notre héros jugea utile de reconnaître la position de l'autre côté, afin de ne pas compromettre ses chances d'évasion; un gardien veillait peut-être sournoisement dans le corridor et approcherait au premier bruit suspect.

Le banc fut donc dressé le long de la porte, et la tête intelligente du prisonnier s'encadra dans la lucarne.

Mais elle n'y demeura pas une minute, pas une seconde, pas même moins qu'une demi-seconde, car un soldat se glissait le long du mur de la galerie et s'approchait de la porte, afin sans doute d'épier par le trou de la serrure les occupations du prisonnier.

Robin chanta tout à coup une de ses plus joyeuses ballades, et entre deux couplets il entendit les pas du soldat qui s'éloignait, puis qui revenait avec précaution pour s'éloigner de nouveau et revenir encore. Ce manège, ces allées et venues durèrent un bon quart d'heure.

— Si le gaillard, pensait Robin, continue sa promenade pendant toute la nuit, je cours grand risque d'être encore là au point du jour. Je ne pourrai jamais prendre mon vol par là-haut sans qu'il m'entende.

Déjà depuis quelques instants un profond silence régnait dans la galerie, et le promeneur semblait avoir renoncé à son espionnage ; mais Robin, qui en sa qualité de rusé chasseur connaissait toutes les feintes, jugea que dans cette circonstance il était plus prudent de s'en rapporter au témoignage des yeux qu'à celui des oreilles, et se hasarda à utiliser une seconde fois le judas de son cachot.

Et bien lui en prit, car au lieu d'un espion le jeune homme en vit deux, deux aux écoutes et collés nez à nez sur la porte.

Au même instant la jolie Maude, un flambeau d'une main et quelques objets de l'autre, apparaissait à une extrémité de la galerie et poussait un cri de surprise en voyant poindre la tête de Robin au-dessus de cette paire de geôliers.

Aussi léger que la feuille qui tombe, Robin se laissa tomber sur le sol, et écouta plein d'anxiété ce qui allait se passer ; la voix de Maude avait heureusement masqué le bruit de sa chute, et il entendit la jeune fille gourmander les soldats et babiller avec une volubilité toute féminine afin de donner des prétextes à son cri de surprise ou d'épouvante.

Robin se hâta alors de remettre le banc et la table à leur place respective, ce qu'il fit en chantant à tue-tête, et en se demandant pourquoi Maude errait ainsi dans le château au milieu de la nuit. Maude, la jolie Maude, ne tarda pas à lui donner le mot de cette énigme, car, après quelques pourparlers conciliateurs avec les geôliers, elle entra radieuse dans le cachot, déposa des vivres et des rafraîchissements sur la table, et exigea qu'on la laissât seule avec le prisonnier afin d'échanger avec lui quelques paroles.

— Eh bien ! jeune forestier, dit la belle enfant dès que la porte fut fermée, vous voilà dans une belle position ; vous ressemblez à un rossignol en cage, et j'ai grand-peur que cette cage ne s'ouvre pas de sitôt, car le baron est dans une colère épouvantable; il jure, il tempête, et il parle de vous traiter comme il a traité les Maures mécréants de la terre sainte.

— Soyez ma compagne de captivité, charmante Maude, répliqua Robin en embrassant la jeune fille, et je ne regretterai pas ma liberté.

— Pas tant de hardiesse, messire, s'écria la jeune fille en se dégageant de l'étreinte de Robin; vous n'agissez pas en galant chevalier.

— Pardon, vous êtes si belle que... Mais causons sérieusement; asseyez-vous là et mettez vos deux mains dans les miennes; bien, merci. Dites-moi maintenant si vous savez ce qu'est devenu Allan Clare, mon compagnon de route, celui qui est entré dans le château avec moi et votre oncle Tuck.

— Hélas! il est dans un cachot plus sombre et plus affreux que celui-ci; il a osé dire à Sa Seigneurie: «Infâme coquin, j'épouserai malgré vous lady Christabel.» Au moment où votre imprudent ami prononçait ces paroles, j'entrai dans la chambre du baron avec ma jeune maîtresse. À la vue de milady, sir Allan Clare s'est oublié au point de s'élancer vers elle, de la prendre dans ses bras, de l'embrasser en s'écriant: «Christabel, ma chère et bien-aimée Christabel!» Milady a perdu l'usage de ses sens, et je l'ai entraînée hors de la présence de monseigneur. Par l'ordre de ma jeune maîtresse, je me suis informée de messire Allan ; comme je vous l'ai dit, il est prisonnier. Gilles, le joyeux moine, m'a appris votre sort, et je suis venue pour...

— Pour m'aider à fuir, n'est-ce pas, chère Maude ? Merci, merci, oui, je serai bientôt libre ; avant une heure, si Dieu me protège.

— Vous, libre ? Mais comment sortirez-vous d'ici ? Il y a deux factionnaires à cette porte.

— Je voudrais qu'il y en eût mille.

— Êtes-vous donc sorcier, beau forestier ?

— Non, mais j'ai appris à grimper sur les arbres comme un écureuil et à sauter les fossés comme un lièvre.

Le jeune homme montra du regard la lucarne grillée, et, se penchant à l'oreille de la jeune fille, se penchant si bien qu'au contact des lèvres de Robin Maude rougit, il dit :

— Les barreaux ne sont pas en fer.

Maude comprit, et un sourire de joie éclaira son visage.

— Maintenant, il faut que je sache, ajouta Robin, où je puis retrouver frère Tuck.

— Dans... l'office, répondit Maude un peu honteuse ; si milady a besoin de son secours pour délivrer messire Allan, il est convenu qu'elle l'enverra chercher à l'office.

— Quel chemin suivrai-je pour m'y rendre ?

— Une fois sorti d'ici, vous prendrez les remparts à gauche, et vous les suivrez jusqu'à ce que vous trouviez une porte ouverte. Cette porte vous conduira à un escalier, l'escalier à une galerie, et la galerie à un corridor au bout duquel est l'office. La porte sera fermée ; si vous n'entendez aucun bruit au-dedans, entrez ; si Tuck n'y est pas, c'est que milady l'aura mandé, cachez-vous alors dans une armoire et attendez mon arrivée ; nous nous occuperons de votre sortie du château.

— Mille grâces vous soient rendues, ma jolie Maude, je n'oublierai jamais vos bontés ! s'écria Robin joyeusement.

Et le feu qui jaillissait de ses yeux heurta celui qui jaillissait des yeux de la jeune fille ; ces deux étincelles se mêlèrent, et entre ces deux êtres si jeunes, si beaux, il se fit un échange de pensées et de désirs, échange que couronna un double et brûlant baiser.

— Bravo ! bravissimo, mes amoureux ! Voilà donc en quoi consiste cet échange de paroles ! s'écria l'un des geôliers en ouvrant brusquement la porte du cachot. Corbleu ! belle demoiselle, vous apportez d'étranges rafraîchissements au prisonnier ! Je vous en félicite, et vous vous entendez si bien à donner des consolations que je ne serais pas fâché d'être mis en cage à mon tour.

À cette subite interpellation, la figure de Maude s'empourpra, et la pauvre fille demeura un instant muette et tremblante ; mais le soldat s'étant approché d'elle pour lui intimer l'ordre de sortir du cachot, elle retrouva son aplomb, et, levant sa petite main blanche à la hauteur des joues tannées du soldat, elle y appliqua d'un air crâne un soufflet bilatéral, et s'enfuit en riant comme une folle de son espièglerie.

— Hum ! hum ! grommela le geôlier se frottant les joues et jetant sur Robin un regard des moins affectueux, le jouvenceau et moi ne sommes pas payés de la même monnaie.

Et le geôlier sortit, puis affecta de verrouiller la porte avec fracas et de multiplier les tours de clef dans la serrure.

Quant au prisonnier, il buvait, riait et mangeait à cœur joie.

Bientôt une sentinelle armée de pied en cap vint remplacer le guichetier, et Robin, pour ne pas paraître soucieux ni préoccupé, recommença à chanter aussi fort que le lui permettaient ses poumons.

La sentinelle, déjà irritée de monter la garde, lui intima durement l'ordre de garder le silence. Robin obéit, c'était son plan, et d'un ton moqueur il souhaita au factionnaire une bonne nuit et des rêves heureux.

Une heure après, la lune à son zénith annonçait à Robin qu'il était temps de fuir, et Robin, maîtrisant les pulsations précipitées de son cœur, improvisa une échelle avec son banc et atteignit sans peine les barreaux de la lucarne ; l'un d'eux tout vermoulu céda promptement à quelques secousses et lui livra passage ; il s'accroupit alors sur le rebord de la lucarne, et mesura d'un œil inquiet la distance qui le séparait du sol ; cette distance lui ayant paru trop grande de plusieurs pieds, il pensa utiliser son ceinturon en l'attachant par une de ses extrémités au barreau le plus solide.

Ces préparatifs, qui ne demandaient qu'une minute, étaient achevés et il allait opérer sa descente quand il aperçut à quelques pas de lui sur la terrasse un soldat lui tournant le dos et contemplant, accoudé sur sa pique, les lointaines profondeurs de la vallée.

— Holà ! se dit-il, j'allais tomber dans la gueule du loup. Attention !

Par bonheur, un nuage passa entre la lune et le château, la terrasse rentra dans l'obscurité tandis que la vallée resplendissait de lumière. Le soldat, un enfant de cette vallée peut-être, la contemplait toujours immobile.

— Allons, à la garde de Dieu ! murmura Robin, qui, après un fervent signe de croix, se laissa glisser le long de la muraille en se tenant au ceinturon.

Malheureusement le ceinturon était trop court, et, arrivé à son extrémité, il sentit que ses pieds étaient encore éloignés du sol, et Robin craignit d'éveiller l'attention du factionnaire en tombant trop lourdement. Que faire? Remonter dans la prison? Mais les barreaux qui servaient de point d'appui pouvaient ne pas résister aux efforts d'une ascension; mieux valait donc pousser l'aventure jusqu'au bout; aussi, confiant en la Providence, et se faisant aussi léger que possible, le jeune homme s'abandonna à son propre poids.

Un fracas épouvantable, quelque chose comme le retentissement d'une trappe retombant sur un soupirail de cave, tel fut le bruit qui troubla les rêveries de la sentinelle au moment où notre héros touchait terre.

La sentinelle poussa le cri d'alarme et marcha la pique en avant vers l'endroit signalé par le bruit insolite; mais elle ne vit rien, n'entendit rien, et sans plus s'inquiéter des causes d'un tel fracas, elle regagna son poste et contempla de nouveau sa chère vallée.

Robin, ne se sentant pas blessé, avait profité de l'ébahissement du factionnaire pour gagner du terrain, sans s'inquiéter lui aussi des causes de ce fracas; il venait cependant de courir un grand danger. Les souterrains du château prenaient jour directement au-dessous de la fenêtre de son cachot, et la trappe de ce soupirail n'était pas fermée; le hasard voulut qu'il la repoussât du pied en tombant, sans quoi il disparaissait à jamais dans les profondeurs du souterrain. Autre hasard heureux, il ne pouvait échapper au factionnaire si la trappe eût été fermée, car il eût été trahi par sa sonorité en sautant sur elle.

La chance tournait donc en sa faveur, et, d'un pas rapide, mais silencieux, il suivait la route indiquée par Maude.

Ainsi que l'avait annoncé la jeune fille, il trouva une porte ouverte à sa gauche, et après l'avoir franchie, il prit un escalier, puis une galerie, puis un immense corridor.

Arrivé à la bifurcation de deux galeries, notre héros, plongé dans une profonde obscurité, tâtait le sol du pied et palpait la muraille afin de ne pas faire fausse route, lorsqu'il entendit quelqu'un demander à voix basse :

— Qui est là ? Que faites-vous là ?

Robin se blottit le long du mur et retint sa respiration. Également arrêté, l'inconnu fouillait légèrement les dalles avec la pointe de son épée, et cherchait à se rendre compte du bruit causé par l'approche de Robin.

— C'est sans doute un grincement de la porte, se dit le promeneur nocturne ; puis il continua son chemin.

Pensant avec raison que, précédé d'un guide, il lui serait plus facile de sortir du dédale où il errait depuis un quart d'heure, Robin suivit l'étranger à une distance respectueuse.

Bientôt ce dernier ouvrit une porte et disparut.

Cette porte conduisait dans la chapelle.

Robin hâta le pas, s'élança légèrement derrière l'inconnu, et se glissa sans bruit derrière un des piliers du saint lieu.

Les rayons de la lune inondaient la chapelle de leurs blanches clartés, et une femme voilée priait à genoux devant un tombeau ; l'étranger, revêtu de la robe des moines, promenait ses regards inquiets sur tout l'édifice ; soudain, à la vue de cette femme voilée, il tressaillit, retint une exclamation, un cri de bonheur prêt à lui échapper, traversa la nef, et s'approcha d'elle les mains jointes. Au bruit des pas de l'inconnu, la femme releva la tête et le regarda, agitée d'une crainte ou frissonnante d'un espoir.

— Christabel ! murmura doucement le moine.

La jeune fille se redressa, une rougeur profonde envahit ses joues, et, s'élançant dans les bras tendus du jeune homme, elle s'écria d'un ton de joie inexprimable :

– Allan ! Allan ! mon cher Allan !

VII

Gilbert raconta à Marguerite l'histoire de Roland Ritson, mais il garda le silence sur les plus grands crimes de l'homme, et ne parla que très peu des amours et de la fin malheureuse de sa sœur Annette.

— Implorons pour cet insensé la miséricorde de Dieu, dit Marguerite.

Et elle cacha ses larmes pour ne pas augmenter la douleur de son mari.

Le vieux moine s'agenouilla à demeure près du cadavre et récita les prières des morts; Gilbert et Marguerite se réunirent à lui par intervalles; Lincoln fut chargé de creuser une fosse entre le chêne et le hêtre désignés par le misérable Ritson, et l'on attendit le retour des voyageurs de Nottingham pour procéder aux funérailles.

Fatiguée d'errer devant le cottage, Marianne, abandonnée à elle-même, eut envie d'aller au-devant de son frère. Lance dormait étendu sur le seuil de la porte; elle l'appela, le caressa de sa blanche main, et partit avec lui sans avertir Gilbert.

Longtemps la jeune fille marcha pensive et rêvant à l'avenir de son frère ; puis elle s'assit au pied d'un arbre, et, la tête dans ses mains, elle se prit à pleurer. Pourquoi ? Le savait-elle ? Non. De noirs pressentiments la faisaient tressaillir, et à travers mille images confuses elle apercevait dans un sombre lointain l'image chérie d'Allan et celle du jeune forestier, du véritable comte de Huntingdon.

Lance, le fidèle animal, s'était couché à ses pieds, et, le museau en l'air, braquait sur elle ses deux grands yeux ronds où flamboyait l'intelligence ; on aurait dit qu'il était triste de la tristesse de cette jeune fille, et qu'il éprouvait comme elle de noirs pressentiments, car il ne dormait pas, il veillait.

Le soleil n'éclairait plus que la cime des grands arbres, et déjà le crépuscule assombrissait le taillis, lorsque Lance se redressa sur ses pattes et poussa de petits cris plaintifs en agitant la queue.

Marianne, arrachée à ses rêveries par cet avertissement, se repentit d'être restée si longtemps dans la forêt ; mais les joyeuses gambades de l'animal qui saluait son lever la rassurèrent, et elle reprit aussitôt le chemin du cottage en ne désespérant pas encore du prompt retour d'Allan.

Lance ne marchait plus derrière Marianne comme le matin ; il furetait au contraire en avant, afin d'éclairer le sentier, et d'instant en instant il tournait la tête pour voir si la jeune fille le suivait toujours.

Quoique certaine de ne pas s'égarer en s'abandonnant à l'instinct de son guide, Marianne hâtait le pas, car l'obscurité augmentait rapidement, et les premières étoiles scintillaient dans le bleu du ciel.

Lance s'arrêta soudain, se roidit sur ses jarrets, allongea le râble et le cou, dressa les oreilles, contracta le museau, flaira l'espace, éventa la voie et se prit à aboyer avec fureur, avec rage.

Marianne tremblante demeura clouée sur place, et chercha à reconnaître la cause des aboiements du chien.

— Il signale peut-être l'approche d'Allan, se dit la jeune fille en écoutant attentivement.

Tout était silencieux autour d'elle. Le chien lui-même cessa ses plaintes, et déjà Marianne ne tremblait plus. Mais au moment où, riant de sa frayeur, la jeune fille allait reprendre sa marche, un bruit de pas précipités retentit dans un fourré voisin, et les aboiements de Lance recommencèrent avec plus de furie et de rage que jamais.

La crainte de tomber entre les mains d'un hors-la-loi donna des ailes à la jeune fille, et elle s'élança en courant dans le sentier ; mais bientôt, à bout de ses forces, elle dut s'arrêter, et faillit s'évanouir en entendant un homme crier d'une voix rude et impérieuse :

— Rappelez votre chien !

Lance, qui s'était tenu à l'arrière-garde pour protéger la fuite de Marianne, venait de sauter à la gorge de l'individu qui la poursuivait.

— Rappelez votre chien ! cria de nouveau l'étranger ; je n'ai pas l'intention de vous faire du mal.

— Comment puis-je savoir que vous dites vrai ? répondit Marianne d'un ton presque ferme.

— Il y a longtemps que je vous aurais envoyé une flèche dans le cœur, si j'étais un malfaiteur ; encore une fois, vous dis-je, rappelez votre chien !

Déjà les crocs de Lance avaient déchiqueté les vêtements et entamaient la peau de l'homme.

Au premier mot de Marianne, le chien lâcha prise et vint se poster devant elle, sans perdre de vue cet inconnu qu'il continuait à menacer des dents.

Cet inconnu, c'était bien un hors-la-loi, un de ces proscrits sans feu ni lieu qui volent et pillent les forestiers moins courageux que Gilbert, et assassinent les voyageurs sans défense. Ce misérable, dont la face suait le crime, était vêtu d'un pourpoint et d'un haut-de-chausses en peau de chèvre ; un large feutre, souillé, malaxé, recouvrait à peine sa longue chevelure tombant en désordre sur ses épaules. L'écume échappée de la gueule du chien blanchissait sa barbe épaisse ; à son côté pendait une dague, d'une main il tenait son arc, et de l'autre des flèches.

Malgré son épouvante, Marianne simulait un grand sang-froid.

— Ne m'approchez pas, dit la jeune fille avec un impérieux regard.

Le hors-la-loi s'arrêta, car le chien prenait son élan pour sauter sur lui.

— Que voulez-vous ? Parlez, je vous écoute, ajouta Marianne.

— Je parlerai, mais d'abord il faut que vous veniez avec moi.

— Où ?

— Peu vous importe l'endroit de la forêt ; suivez-moi.

— Je ne vous suivrai pas.

— Ah ! ah ! vous refusez, belle demoiselle, s'écria le coquin avec un éclat de rire féroce ; vous faites la dédaigneuse, la difficile !

— Je ne vous suivrai pas, répéta fermement Marianne.

— Je serai donc obligé d'employer les grands moyens, et les grands moyens ne seront pas de votre goût, je vous en préviens.

— Et moi je vous préviens que, si vous avez l'audace d'user de violence envers moi, vous serez cruellement puni.

Marianne ne tremblait plus; le courage lui était revenu en face du danger, et elle avait prononcé ces dernières paroles d'une voix assurée, et le bras tendu vers le proscrit comme pour lui dire: «Retirez-vous.»

Le proscrit se remit à rire de son rire féroce; et Lance fit en grondant craquer ses mâchoires.

— Vraiment, la belle fille, reprit le bandit après un instant de silence, vraiment j'admire votre courage et la hardiesse de vos paroles, mais cette admiration ne me fera pas modifier mes projets; je sais qui vous êtes, je sais que vous êtes arrivée hier chez Gilbert Head le forestier, en compagnie de votre frère Allan, et que ce matin votre frère Allan est parti pour Nottingham, je sais tout cela aussi bien que vous; mais ce que je sais encore et ce que vous ne savez pas, c'est que les portes du château de Fitz-Alwine, qui se sont ouvertes pour laisser entrer messire Allan, ne se rouvriront jamais pour le laisser sortir.

— Que dites-vous? s'écria Marianne en proie à une nouvelle terreur.

— Je dis que messire Allan Clare est prisonnier du baron de Nottingham.

— Mon Dieu! mon Dieu! murmura douloureusement la jeune fille.

— Et je ne le plains pas, votre estimable frère. Pourquoi va-t-il se fourrer dans la gueule du lion? C'est que c'est un vrai lion que le vieux

Fitz-Alwine. Nous avons fait la guerre en Palestine, et je connais ses goûts ; il veut avoir la sœur comme il a déjà le frère. Hier vous avez échappé à ses limiers, et aujourd'hui...

Marianne poussa un cri de désespoir.

— Oh ! rassurez-vous, je veux dire qu'aujourd'hui vous lui échapperez encore.

Marianne osa lever les yeux sur le bandit, il y avait déjà presque de la reconnaissance dans son regard.

— Oui, vous lui échapperez encore... mais vous ne m'échapperez pas à moi ; à lui le frère, à moi la sœur, et vive mon lot ! Allons, pas de larmes, la belle fille ! Vous qui seriez esclave chez le baron, vous serez libre avec moi, libre et reine dans ces vieux bois, et j'en connais plus d'une, brune ou blonde, qui enviera votre sort. En route donc, ma belle épousée ; là-bas, dans ma caverne, nous trouverons un bon souper de venaison et notre lit de feuilles sèches.

— Oh ! je vous en conjure, parlez-moi de mon frère, de mon cher Allan, s'écria Marianne, qui ne tenait aucun compte des absurdes propos de ce misérable.

— Parbleu ! reprit-il sans remarquer l'inattention de Marianne, si votre frère s'échappe des griffes de la bête, il viendra vivre avec nous ; mais je ne crois pas que nous puissions jamais chasser le daim de compagnie, car le vieux Fitz-Alwine ne laisse pas moisir ses prisonniers dans les cachots, il les expédie promptement pour l'éternité.

— Mais comment avez-vous appris que mon frère était prisonnier du baron ?

— Au diable les questions, la belle ! Il s'agit maintenant des offres que je vous fais d'être ma reine, et non de la corde qui doit étrangler monsieur votre frère. Par saint Dunstan, de gré ou de force vous me suivrez.

Et il fit un pas vers Marianne, qui se rejeta vivement en arrière en s'écriant :

— À lui, Lance ! à lui !

Le courageux animal n'attendait que cet ordre et sauta à la gorge du proscrit ; mais celui-ci, habitué sans doute à de pareilles luttes, saisit les deux pattes de devant du chien, et avec une force irrésistible le lança à vingt pas ; le chien sans s'effrayer revint à la charge, et, par une feinte habile, attaqua de côté au lieu d'attaquer en face, mordit dans la masse de cheveux qui s'échappait de dessous le feutre du bandit, et implanta si profondément ses crocs que l'oreille tout entière se détacha et lui resta dans la gueule.

Un flot de sang inonda le blessé, qui s'adossa à un arbre en poussant des rugissements affreux et en blasphémant Dieu, et Lance, désappointé de n'avoir pas mis la dent sur un morceau de résistance, bondit de nouveau comme à la curée.

Mais cette troisième attaque devait lui être fatale; son adversaire, quoique épuisé par la perte de son sang, lui asséna du plat de sa dague un coup tellement violent sur le crâne qu'il roula comme une masse inerte aux pieds de Marianne.

— À nous deux maintenant! s'écria le bandit après avoir suivi d'un œil satisfait la chute de Lance. À nous deux, la belle!... Enfer et damnation! ajouta-t-il, rugissant et promenant ses regards aux alentours; partie! sauvée! Ah! de par tous les diables, elle ne m'échappera pas!

Et il s'élança à la poursuite de Marianne. La pauvre jeune fille courut longtemps sans savoir si le sentier qu'elle avait pris la conduirait au cottage de Gilbert Head. Une seule chance lui restait après la mise hors de combat de son défenseur, la chance d'échapper au hors-la-loi à la faveur de l'obscurité; aussi fit-elle des efforts surhumains pour gagner promptement le plus de terrain possible: la Providence veillerait ensuite sur elle. Hors d'haleine, Marianne s'arrêta enfin dans une clairière où aboutissaient diverses routes, et respira plus librement en n'entendant aucun bruit de pas derrière elle; mais là, nouvelle angoisse; quelle route fallait-il prendre? Son hésitation ne pouvait durer: elle devait choisir, et choisir bien vite, sinon le limier lancé sur ses traces allait paraître. L'infortunée invoqua le secours de la sainte

Vierge, ferma les yeux, fit deux ou trois tours sur elle-même, et indiqua en étendant le bras au hasard le sentier qu'elle allait suivre. À peine avait-elle quitté la clairière que le hors-la-loi y arrivait et hésitait aussi sur le choix du chemin pour rattraper la fugitive. Malheureusement la lune, cette lune qui à la même heure éclairait l'évasion de Robin, éclaira la fuite de Marianne ; sa robe blanche la trahit.

— Enfin, s'écria le bandit, je la tiens !

Marianne entendit ces horribles paroles : « Je la tiens ! » et plus agile qu'un daim, plus rapide qu'une flèche, elle vola, vola, vola ; mais bientôt, épuisée, défaillante et n'ayant plus que la force de crier pour la dernière fois :

— Allan ! Allan ! Robin ! au secours ! au secours !

Elle tomba et s'évanouit.

Guidé par cette robe blanche, le proscrit avait redoublé de vitesse, et déjà il se courbait et allongeait les bras pour enserrer sa proie, quand un homme, un garde qui se trouvait par là en embuscade pour veiller à la conservation du gibier royal, intervint en s'écriant :

— Holà ! misérable coquin ! Ne touche pas à cette femme, ou tu es mort !

Le bandit n'eut pas l'air d'entendre et glissa ses mains sous les épaules de la jeune fille pour la soulever de terre.

— Ah! tu fais la sourde oreille, reprit le forestier d'une voix tonnante; soit!

Et il bâtonna rudement le proscrit avec le manche de sa pique.

— Mais cette femme m'appartient, dit le hors-la-loi en se levant.

— Tu mens! Tu la poursuivais comme un ours poursuit un faon! Misérable coquin! arrière, ou je t'embroche!

Le bandit recula, car le fer de la pique du forestier entamait déjà son haut-de-chausses.

— À bas les flèches! à bas l'arc! à bas la dague! ajouta le forestier, la pique toujours en arrêt.

Le bandit jeta ses armes à terre.

— Fort bien. Maintenant, volte-face, et file, file rondement, lestement, sinon je t'éperonne à coups de flèches.

Il fallait obéir; plus d'armes, plus de résistance possible. Le bandit s'éloigna donc en vomissant des torrents de blasphèmes et de malédictions, et jurant de se venger tôt ou tard. Le forestier s'occupa aussitôt de rappeler à la vie la pauvre Marianne, qui gisait immobile sur l'herbe comme une blanche statue de marbre renversée de son piédestal; la lune éclairant son pâle visage aidait encore à l'illusion.

Non loin de là serpentait un ruisseau, la jeune fille fut transportée au bord; quelques gouttes d'eau subitement projetées sur ses tempes et sur son front la ranimèrent, et ouvrant les yeux comme si elle sortait d'un long sommeil, elle s'écria :

— Où suis-je ?

— Dans la forêt de Sherwood, répondit naïvement le garde forestier.

Au son de cette voix qui lui était étrangère, Marianne voulut se relever et fuir encore ; mais les forces lui manquèrent, et elle s'écria d'une voix plaintive et les mains jointes :

— Ne me faites pas de mal, ayez pitié de moi !

— Rassurez-vous, mademoiselle ; le misérable qui a osé vous attaquer est loin de nous, et voudrait-il recommencer qu'il aurait affaire à moi avant de toucher un pli de votre robe.

Marianne, toujours tremblante, jetait des regards effarés autour d'elle, et cependant la voix qu'elle entendait résonner à son oreille lui paraissait être une voix amie.

— Voulez-vous, mademoiselle, que je vous conduise à notre hall ? Vous y recevrez bon accueil, je vous le jure. Au hall, vous trouverez des jeunes filles pour vous servir et pour vous consoler, des garçons forts et vigoureux pour vous défendre, et un vieillard pour vous servir de père. Venez au hall, venez.

Il y avait tant de cordialité et de franchise dans ces offres que Marianne se leva instinctivement et suivit sans mot dire l'honnête forestier. Le grand air et le mouvement lui rendirent bientôt l'intelligence et le sang-froid; elle considéra attentivement aux clartés de la lune la tournure de son guide, et, comme si un secret pressentiment l'avertissait que cet inconnu était un ami de Gilbert Head, elle dit:

— Où allons-nous, messire? Ce chemin conduit-il à la maison de Gilbert Head?

— Quoi! vous connaissez Gilbert Head? Seriez-vous sa fille, par hasard? Vraiment, je gronderai le vieux sournois pour le silence qu'il a gardé sur la possession d'un aussi joli trésor. Pardon, miss, sans vous offenser, c'est que, voyez-vous, il y a longtemps que je connais le bonhomme Head et son fils Robin Hood, et je ne les croyais pas si discrets.

— Vous êtes dans l'erreur, messire; je ne suis point la fille de Gilbert, mais son amie, son hôte depuis hier.

Et racontant tout ce qui lui était arrivé depuis son départ de la maison du forestier, Marianne termina son récit par un compliment plein d'effusion à l'adresse de son sauveur.

Ce compliment n'était pas achevé que le forestier l'interrompit en rougissant:

— Il ne faut pas penser à rentrer ce soir chez Gilbert; sa demeure est trop éloignée d'ici; mais le hall de mon oncle est à deux pas; vous y serez en sûreté, miss, et de peur que vos hôtes ne s'inquiètent, j'irai leur porter de vos nouvelles.

— Merci mille fois, messire; j'accepte vos offres, car je tombe de fatigue.

— Pas de remerciements, miss, je ne fais que mon devoir.

Marianne en effet tombait de fatigue, et chancelait à chaque pas; le forestier s'en aperçut et lui offrit son bras; mais comme la jeune fille était plongée dans ses réflexions, elle ne l'entendit pas et continua de marcher isolée.

— Miss, est-ce que vous manqueriez de confiance en moi? demanda le jeune homme avec tristesse et en réitérant son offre; craindriez-vous donc de vous appuyer sur ce bras qui...

— J'ai pleine confiance en vous, messire, répondit Marianne en prenant aussitôt le bras de son compagnon; vous êtes incapable, n'est-ce pas, de tromper une femme?

— C'est comme vous le dites, miss, j'en suis incapable... oui, Petit-Jean en est incapable... Allons, appuyez-vous ferme sur le bras de Petit-Jean, qui vous porterait tout entière s'il le fallait, miss, et sans plus fatiguer que ne fatigue la branche d'arbre qui porte une tourterelle.

— Petit-Jean, Petit-Jean, murmura la jeune fille étonnée et levant la tête pour mesurer du regard la taille colossale de son cavalier. Petit-Jean!

— Oui, Petit-Jean, ainsi nommé parce qu'il a six pieds six pouces de haut, parce que ses épaules sont larges en proportion, parce que d'un coup prompt il assomme un bœuf, parce que ses jambes fournissent une traite de quarante milles anglais sans s'arrêter, parce qu'il n'y a ni valseur, ni coureur, ni lutteur, ni chasseur qui puisse lui faire crier merci, parce que enfin ses sept cousins, ses compagnons, les fils de sir Guy de Gamwell, sont tous plus petits que lui ; voilà pourquoi, miss, celui qui a l'honneur de vous prêter l'appui de son bras est appelé Petit-Jean par tous ceux qui le connaissent ; et le bandit qui vous a attaquée me connaît bien, lui, car il s'est gardé de faire le méchant quand la sainte Vierge qui vous protège a permis que je vous rencontrasse. Permettez-moi, miss, d'ajouter que je suis aussi bon que robuste, que mon nom de famille est John Naylor, neveu de sir Guy Gamwell, que je suis forestier de naissance, archer par goût, garde-chasse par état, et que j'ai vingt-quatre ans depuis un mois.

Ainsi causant et riant, Marianne et son compagnon s'acheminaient vers le hall de Gamwell ; ils atteignirent bientôt la lisière de la forêt, et là un spectacle magnifique se déroula devant eux ; la jeune fille, malgré sa lassitude et son épuisement, ne pouvait se lasser d'admirer ce merveilleux paysage. Sur une étendue de terrain de plusieurs milles qu'encadraient des bordures de forêts d'un vert sombre miroitaient les sites les plus enchanteurs, les plus accidentés, les plus capricieusement dissemblables : çà et là sur les lisières des bois, sur les collines, dans le creux des vallons, de blanches maisonnettes jouaient au fantôme, les unes mystérieusement isolées, les autres fraternellement groupées autour de l'église d'où le vent emportait les derniers tintements du couvre-feu.

— Là-bas, à droite du village et de l'église, voyez-vous, dit Petit-Jean à sa compagne, ce vaste bâtiment dont les fenêtres à moitié closes laissent s'échapper de vives clartés ? Le voyez-vous, miss ? Eh bien ! c'est le hall de Gamwell, la demeure de mon oncle. Dans tout le comté on ne trouverait pas de logis plus confortable, ni dans toute l'Angleterre un coin de pays plus enchanteur. Qu'en dites-vous, miss ?

Marianne approuva par un sourire l'enthousiasme du neveu de sir Guy de Gamwell.

— Hâtons le pas, miss, reprit celui-ci, la rosée de la nuit est abondante, et je ne voudrais pas vous voir trembler de froid quand vous avez cessé de trembler de peur.

Bientôt une meute de chiens de garde en liberté accueillirent bruyamment Petit-Jean et sa compagne. Le jeune homme modéra leurs transports avec de rudes paroles d'amitié et quelques légers coups de bâton à l'adresse des plus turbulents, et, après avoir traversé des groupes de serviteurs étonnés qui le saluèrent respectueusement, il pénétra dans la grande salle du hall, au moment où toute la famille allait s'asseoir à table pour le repas du soir.

— Mon bon oncle, s'écria le jeune homme en conduisant Marianne par la main devant un fauteuil où trônait le vénérable sir Guy de Gamwell, je vous demande l'hospitalité pour cette belle et noble demoiselle. Grâce à la Providence, dont je n'ai été que l'indigne instrument, elle vient d'échapper aux fureurs d'un infâme hors-la-loi.

Marianne, fuyant dans la forêt, avait perdu le bandeau de velours qui d'ordinaire retenait ses longs cheveux, et, afin de se garantir du froid, elle avait accepté le plaid de Petit-Jean, qui couvrait encore sa tête et s'entrecroisait sur sa poitrine, en ne laissant voir son doux visage que par un ovale très étroit. Gênée par la draperie de cette coiffure, ou honteuse peut-être de se servir devant tous d'un objet faisant partie de la toilette d'un homme, Marianne se débarrassa vivement du plaid, et apparut aux regards de la famille de Gamwell dans toute la splendeur de sa beauté.

Les sept cousins de Petit-Jean admiraient Marianne bouche béante, tandis que les deux filles de sir Guy s'élançaient avec un empressement plein de grâce au-devant de la voyageuse.

— Bravo ! disait le patriarche du hall, bravo ! Petit-Jean ; tu nous raconteras comment tu t'y es pris pour ne pas effaroucher cette jeune fille en l'accostant en pleine nuit au milieu de la forêt, et comment tu lui as inspiré assez de confiance pour qu'elle se décidât à te suivre sans te connaître et à nous faire l'honneur de venir se reposer sous notre toit. Noble et belle demoiselle, vous me paraissez souffrante et fatiguée. Çà! prenez place ici entre ma femme et moi; un doigt de vin généreux ranimera vos forces, et mes filles vous conduiront ensuite dans un bon lit.

On attendit que Marianne se fût retirée dans sa chambre pour demander à Petit-Jean un récit détaillé des aventures de sa soirée, et Petit-Jean termina sa narration en annonçant qu'il allait se mettre en route pour le cottage de Gilbert Head.

— Eh bien! s'écria William, le plus jeune des sept Gamwell, puisque cette demoiselle est une amie du brave Gilbert et de Robin mon camarade, je veux t'accompagner, cousin Petit-Jean.

— Pas ce soir, Will, dit le vieux baronnet; il est trop tard, et Robin sera couché avant que vous n'ayez traversé la forêt; tu iras lui rendre visite demain, mon garçon.

— Mais, mon bon père, reprit William, Gilbert doit être très inquiet sur le sort de cette demoiselle, et je gagerais qu'à cette heure Robin est à sa recherche.

— Tu as raison, mon fils ; agis comme tu l'entendras, je te laisse libre.

Petit-Jean et Will quittèrent aussitôt la table et prirent le chemin de la forêt.

VIII

Nous avons laissé Robin dans la chapelle ; il se tenait caché derrière un pilier et se demandait par quel heureux concours de circonstances Allan avait pu recouvrer sa liberté.

— Sans nul doute, pensait Robin, c'est Maude, la gentille Maude, qui joue de pareils tours au baron, et ma foi ! si elle continue à nous ouvrir ainsi toutes les portes du château, je lui promets un million de baisers.

— Une fois encore, chère Christabel, disait Allan en portant à ses lèvres les mains de la jeune fille, j'ai donc le bonheur, après deux ans de séparation, d'oublier près de vous tout ce que j'ai souffert.

— Vous avez souffert, cher Allan ? demanda Christabel d'un ton légèrement incrédule.

— Pourriez-vous en douter ? Oh ! oui, j'ai souffert, et depuis le jour où je fus chassé du château de votre père, la vie pour moi n'a jamais été qu'un enfer. Ce jour-là je quittai Nottingham, marchant à reculons tant que mes yeux purent reconnaître à travers l'espace les plis flottants de l'écharpe que vous agitiez sur les remparts en signe d'adieu. Je crus alors que cet adieu serait éternel, car je me sentais mourir de douleur. Mais Dieu prit compassion de moi : il me permit de pleurer comme un enfant qui a perdu sa mère ; je pleurai et je vécus.

— Allan, le ciel m'est témoin que s'il était en mon pouvoir de faire votre bonheur, vous seriez heureux.

— Je serai donc heureux un jour ! s'écria Allan avec transport. Dieu voudra ce que vous voulez.

— M'avez-vous été bien fidèle ? demanda Christabel en interrompant le jeune homme avec une coquette naïveté, et le serez-vous toujours ?

— En pensées, en paroles, en actions, je l'ai toujours été, je le suis et je le serai toujours.

— Merci, Allan ! la foi que j'ai en vous me soutient dans mon isolement ; je dois obéissance aux volontés de mon père, mais il est une de ses volontés à laquelle je ne me soumettrai jamais : il peut nous séparer encore ainsi qu'il l'a déjà fait, il ne pourra jamais me contraindre à aimer un autre que vous seul.

Robin, pour la première fois de sa vie, entendait parler le langage de l'amour ; il le comprenait par intuition, il tressaillait de bonheur à ses résonances, et se disait en soupirant :

— Oh! si la belle Marianne voulait me parler ainsi!

— Chère Christabel, reprit Allan, comment avez-vous pu découvrir le cachot où j'étais enfermé? Qui m'a ouvert cette porte? Qui m'a procuré ce costume de moine? Je n'ai pu reconnaître mon sauveur dans l'obscurité. On m'a seulement dit à voix basse: «Allez à la chapelle.»

— Il n'y a qu'une seule personne dans le château à laquelle je puisse me confier: c'est à une jeune fille aussi bonne qu'ingénieuse, c'est à Maude, ma femme de chambre, que nous sommes redevables de votre évasion.

— J'en étais sûr, murmura Robin.

— Quand mon père, après nous avoir si violemment séparés, vous eut jeté dans un cachot, Maude, touchée de mon désespoir, me dit: «Consolez-vous, milady, vous reverrez bientôt messire Allan.» Et elle a tenu parole, la bonne petite Maude, car elle m'a avertie, il y a quelques instants, que je pouvais vous attendre ici. Il paraîtrait que le geôlier chargé de votre garde n'a pas été insensible aux agaceries de Maude: Maude lui a porté à boire, lui a chanté des ballades, et l'a si bien enivré de vin et de regards que le pauvre homme s'est endormi comme un loir; alors la rusée lui a enlevé ses clefs. Par un hasard providentiel, le confesseur de Maude se trouvait au château, et le saint homme n'a pas craint de se dépouiller de sa robe en votre faveur. Je ne connais pas encore ce vénérable serviteur de Dieu, mais je veux le connaître afin de le remercier du paternel appui qu'il a prêté à Maude.

— L'appui est en effet très paternel, se dit Robin toujours caché derrière son pilier.

— Ce moine ne porte-t-il pas le nom de frère Tuck ? demanda Allan.

— Oui, mon ami. Le connaissez-vous ?

— Un peu, répondit le jeune homme en souriant.

— C'est un bon vieillard, j'en suis sûre, ajouta Christabel ; mais pourquoi riez-vous donc ainsi, Allan ? Est-ce que ce bon père ne mérite pas notre vénération ?

— Je ne prétends pas le contraire, chère Christabel.

— Mais pourquoi riez-vous, mon ami ? je veux le savoir.

— Pour une bagatelle, chère. C'est que ce bon vieillard de moine n'est pas tout à fait aussi vieux que vous le pensez.

— Je m'étonne que mon erreur vous fasse tant sourire. N'importe, vieux ou jeune, j'aime ce moine, et Maude me paraît l'aimer beaucoup.

— Oh ! à cela pas d'objection ; mais je serais désolé que vous puissiez l'aimer autant que Maude l'aime.

— Que voulez-vous dire ? demanda Christabel d'un ton fâché.

— Pardonnez-moi, mon amour, tout cela n'est qu'une plaisanterie que vous comprendrez plus tard, quand nous remercierons le moine de son obligeance.

— Soit. Mais vous ne me parlez pas de mon amie, de Marianne, votre sœur ; ah ! celle-là du moins, vous me permettrez de l'aimer, n'est-ce pas ?

— Marianne nous attend chez un honnête forestier de Sherwood ; elle a quitté Huntingdon pour vivre avec nous car j'espérais que votre père m'accorderait votre main ; mais puisque, non content de me repousser, il attente à ma liberté, pour attenter plus tard à ma vie sans doute, une seule chance de bonheur nous reste, la fuite...

— Oh ! non, Allan, non, jamais je n'abandonnerai mon père !

— Mais sa colère tombera sur vous comme elle vient de tomber sur moi. Marianne, vous et moi nous serions si heureux isolés du monde ; partout où vous voudrez vivre, dans les bois, à la ville, partout, Christabel. Oh ! venez, venez, je ne veux pas sortir de cet enfer sans vous !

Christabel, éperdue, sanglotait, la tête cachée entre ses mains, et ne prononçait que ce seul mot : « Non ! non ! » chaque fois qu'Allan parlait de fuir.

Ah! si en ce moment Allan Clare se fût trouvé en public, comme il eût dévoilé les crimes du baron Fitz-Alwine, et réduit à néant cet orgueilleux et cruel personnage!

Pendant que le jeune gentleman et Christabel, serrés l'un contre l'autre, se confiaient leurs douleurs et leurs espérances, Robin, devant qui se jouait pour la première fois une scène de véritable amour, se sentait transporté dans un monde nouveau.

La porte par laquelle les prisonniers évadés étaient entrés dans la chapelle se rouvrit douce-ment, et Maude, portant une torche en main, apparut, suivie de frère Tuck dépouillé de sa robe.

— Ah! ah! ah! chère maîtresse! s'écria Maude avec des sanglots, tout est perdu! Nous allons mourir, c'est un massacre général! Ah! ah! ah!

— Que dites-vous, Maude? s'écria Christabel épouvantée.

— Je dis que nous allons mourir: le baron met tout à feu et à sang; il n'épargnera personne, ni vous, ni moi! Ah! ah! mourir si jeune, c'est affreux! Non, non, mille fois non, milady, je ne veux pas mourir!

Elle tremblait, elle pleurait véritablement, la gentille Maude, mais elle ne devait pas tarder à sourire.

— Que signifient ces verbiages et ces sanglots ? dit Allan d'un ton sévère, êtes-vous folle ? Et vous, frère Tuck, ne pouvez-vous pas me dire ce qui se passe ?

— Impossible, messire chevalier, répondit le moine d'un air presque goguenard, car tout ce que je sais se résume en ceci : J'étais assis... non, à genoux...

— Assis, interrompit Maude.

— À genoux, riposta le moine.

— Assis, répéta Maude.

— À genoux, vous dis-je ! j'étais à genoux... je faisais mes prières.

— Vous buviez de l'ale, interrompit de nouveau très dédaigneusement Maude, vous en buviez même beaucoup.

— Douceur et civilité sont des qualités remarquables, ma jolie Maude, et il me semble qu'aujourd'hui vous êtes portée à l'oublier.

— Pas de morale, et surtout pas de discussion, reprit Allan d'une voix impérieuse ; faites-moi connaître simplement la cause de votre arrivée soudaine et quel danger nous menace.

— Interrogez le révérend père, dit Maude en secouant sa jolie tête d'un air mutin ; tout à l'heure vous vous êtes adressé à lui, messire chevalier, il est juste qu'il vous réponde.

— Vous vous jouez cruellement de mon effroi, Maude, ajouta Christabel ; dites-moi ce que nous avons à craindre, je vous en supplie, je vous l'ordonne.

La jeune camériste, intimidée, rougit et dit enfin en s'approchant de sa maîtresse :

— Voilà ce que c'est, milady. Vous savez que j'ai fait prendre à Egbert le geôlier plus de vin que sa tête n'est capable d'en supporter ; il s'est donc endormi. Au milieu de son sommeil, sommeil lourd d'ivresse, Egbert a été appelé par milord ; milord voulait rendre visite à votre... à messire Allan ; le pauvre geôlier, encore sous l'influence du vin que je lui avais versé, oubliant le respect qu'il doit à Sa Seigneurie, s'est présenté devant elle les poings sur les hanches et lui a demandé d'un ton fort irrévérencieux pourquoi on osait le troubler, lui, brave et honnête garçon, au milieu de son sommeil. Monsieur le baron a été tellement surpris en entendant cette étrange question qu'il est demeuré quelques instants à contempler Egbert sans daigner lui répondre. Enhardi par ce silence, le geôlier s'est approché de monseigneur, et, s'accoudant sur l'épaule de monsieur le baron, il s'est écrié d'un ton jovial : «Dis donc, mon vieux débris de Palestine, et cette chère santé, comment va-t-elle ? J'espère que la goutte te laissera dormir tranquille cette nuit...» Vous savez, milady, que Sa Seigneurie n'était déjà pas de très bonne humeur, jugez alors de sa colère après les paroles et les gestes d'Egbert... Ah! si vous aviez vu monseigneur, milady, vous trembleriez comme je tremble, vous redouteriez une sanglante catastrophe; monsieur écumait de rage, il rugissait plus fort qu'un lion blessé, il ébranlait la salle en trépignant et cherchant quelque chose à écraser dans ses mains; tout à coup il s'est emparé du trousseau de clefs suspendu à la ceinture d'Egbert, et a cherché parmi toutes ces clefs celle du cachot de votre... de messire chevalier. Cette clef n'y était plus. «Qu'en as-tu fait?» s'est écrié monseigneur d'une voix de tonnerre. À cette question, Egbert, soudainement dégrisé, est devenu livide d'épouvante. Monseigneur n'avait plus la force de crier; mais le frémissement convulsif qui agitait tout son corps annonçait qu'il allait se venger. Il a demandé une escouade de soldats et s'est fait conduire au cachot de messire en annonçant que si le prisonnier ne s'y trouvait plus, Egbert serait pendu... Messire, ajouta Maude, en se tournant vers Allan, il faut fuir au plus vite, fuir avant que mon père, informé de tout ce qui se passe, ne ferme les portes du château et ne relève le pont-levis.

— Partez, partez, cher Allan! s'écria Christabel; nous serions à jamais séparés si mon père nous trouvait ensemble.

— Mais vous, Christabel, vous! dit Allan au désespoir.

— Moi, je reste... je calmerai la fureur de mon père.

— Moi aussi, je reste.

— Non, non, fuyez, au nom du ciel ! Si vous m'aimez, fuyez... nous nous reverrons.

— Nous nous reverrons : vous le jurez, Christabel ?

— Je le jure.

— Eh bien ! Christabel, je vous obéis.

— Adieu ! à bientôt.

— Et vous allez me suivre, messire chevalier, ainsi que ce vénérable moine.

— Mais êtes-vous certaine, Maude, que votre père nous laissera sortir du château ? demanda frère Tuck.

— Oui, surtout si on ne l'a pas encore instruit des événements de la soirée. Allons, venez, il n'y a pas de temps à perdre.

— Mais nous sommes entrés trois au château, dit le moine.

— C'est vrai, ajouta Allan. Qu'est devenu Robin ?

— Présent ! s'écria le jeune forestier en sortant de sa cachette.

Christabel poussa un léger cri d'effroi, et Maude salua Robin avec un si gracieux empressement que le moine fronça les sourcils.

— L'habile garçon ! dit Maude avec un sourire et effleurant de sa main le bras de

Robin; il s'est sauvé d'un cachot que surveil-
laient deux sentinelles!

— Tu étais donc emprisonné aussi? s'écria
Allan.

— Je raconterai mon aventure quand nous
serons loin d'ici, répondit le jeune forestier.
Partons bien vite... Mais venez donc, messire; il
me semble que vous devez tenir à la vie... et
bien plus que je n'y tiens, moi, ajouta tristement le jeune garçon, car votre sœur et d'autres
personnes pleureraient votre mort, tandis que
moi... Mais vite, vite, profitons du secours de
Maude; partons, les murailles du château de
Nottingham me pèsent sur la poitrine. Partons!

Maude, à ces dernières paroles, jeta sur le
jeune homme un singulier regard.

Tout à coup un bruit de pas se fit entendre
dans le passage conduisant à la chapelle.

— Que Dieu ait pitié de nous! s'écria Maude.
Voici le baron; au nom du ciel! partez.

Se dépouillant avec promptitude de sa robe
de moine, Allan la rendit à Tuck et s'élança vers
Christabel afin de lui dire un dernier adieu.

— Par ici, chevalier! s'écria impérieusement
Maude, qui ouvrait une des portes de sortie.

Allan déposa sur les lèvres de Christabel le
plus ardent des baisers, et répondit à l'appel de
Maude.

— Que saint Benoît vous protège, ma douce amie ! dit le moine qui voulut aussi embrasser Maude.

— Impertinent ! s'écria la jeune fille ; mais passez donc, passez donc !

Robin, déjà expert en galanterie, s'inclina devant Christabel et lui baisa respectueusement la main en lui disant :

— Que la Vierge soit votre appui, votre consolation et votre guide !

— Merci, répondit Christabel étonnée de voir tant de noblesse dans les manières d'un simple forestier.

— Pendant que nous fuyons, milady, dit Maude, mettez-vous en prière et faites l'ignorante, si bien que le baron ne puisse se douter que vous connaissez la cause de sa colère.

La porte se refermait à peine sur les fugitifs que le baron, à la tête de ses hommes d'armes, faisait irruption dans la chapelle.

Nous l'y rejoindrons plus tard ; accompagnons d'abord nos trois amis, dont la gentille Maude est l'ange gardien.

La petite bande parcourait une longue et étroite galerie et marchait ainsi : Maude en tête et portant une torche, Robin à sa suite, et frère Tuck presque à côté de Robin ; Allan venait le dernier.

Maude hâtait le pas, autant pour mettre une certaine distance entre Robin et elle que pour arriver plus tôt à la porte du château ; elle ne riait pas, gardait un profond silence, et de sa main restée libre repoussait la main de Robin, qui tentait vainement de saisir au vol quelques plis de sa robe.

— Vous êtes donc fâchée contre moi ? demanda le jeune homme d'un ton suppliant.

— Oui, répondit laconiquement Maude.

— Qu'ai-je fait pour vous déplaire ?

— Vous n'avez rien fait.

— Qu'ai-je dit alors ?

— Ne me le demandez pas, messire, cela ne peut ni ne doit vous intéresser.

— Mais cela m'afflige.

— Qu'importe, vous vous consolerez promptement. Ne serez-vous pas bientôt éloigné de ce château de Nottingham dont les murailles pèsent tant sur votre poitrine ?

— Ah ! ah ! je comprends, se dit Robin ; et il ajouta : Si je suis fatigué du baron, des murailles de son château et des verrous de ses prisons, je ne le suis pas de votre charmante figure, ni de vos sourires, ni de vos gracieuses paroles, ma chère Maude.

— Vrai ? s'écria Maude tournant à demi la tête.

— Bien vrai, chère Maude.

— La paix, alors...

Et Maude se laissa embrasser par le jeune forestier.

Cette petite manœuvre causa un temps d'arrêt dans la marche des fugitifs ; aussi le moine, dont l'oreille avait été désagréablement affectée par le bruit de ce baiser, s'écria-t-il d'un ton bourru :

— Holà ! marchez donc plus vite... Quel chemin faut-il prendre ?

Ils étaient arrivés à un embranchement de couloirs.

— À droite, répondit Maude.

Et vingt pas plus loin, ils atteignirent le poste du concierge. La jeune fille appela son père.

— Comment ? s'écria le vieux Lindsay, qui par bonheur ignorait encore les événements de la soirée, comment, vous nous quittez déjà, et de nuit encore ! Vraiment, frère Tuck, je comptais trinquer avec vous avant de m'endormir ; mais est-ce bien nécessaire que vous partiez ce soir ?

— Oui, mon fils, répondit Tuck.

— Adieu donc, joyeux Gilles ; et vous aussi, braves gentlemen, au revoir !

Le pont-levis s'abaissa ; Allan s'élança le premier hors du château, le moine le suivit après avoir parlementé avec la jeune fille, qui ne lui permit pas cette fois de lui donner ce qu'il appelait sa bénédiction, un baiser, car elle profita d'un instant d'inattention du moine pour imprimer ses lèvres brûlantes sur la main de Robin.

En faisant tressaillir le jeune homme dans tout son être, ce baiser l'affligea profondément.

— Nous nous reverrons bientôt, n'est-ce pas ? dit Maude à voix basse.

— Je l'espère, répondit Robin, et, en attendant mon retour, ayez l'obligeance, chère enfant, de reprendre mon arc dans la chambre du baron ainsi que mes flèches, vous les remettrez à qui viendra les demander de ma part.

— Venez vous-même.

— Eh bien ! je viendrai moi-même, Maude. Adieu, Maude.

— Adieu, Robin, adieu !

Les sanglots qui étouffaient la voix de la pauvre fille ne permirent pas de reconnaître si elle disait aussi : « Adieu, Allan ; adieu, Tuck. »

Les fugitifs descendirent rapidement la colline, traversèrent la ville sans s'arrêter, et ne ralentirent leur marche que sous l'ombrage protecteur de la forêt de Sherwood.

IX

Vers dix heures du soir, Gilbert, qui attendait avec impatience le retour des voyageurs, laissa le père Eldred dans la chambre de Ritson et descendit près de Marguerite, qui s'occupait des soins du ménage ; il voulait s'informer si miss Marianne ne s'inquiétait pas trop de la longue absence de son frère.

— Miss Marianne ? s'écria Marguerite, qui, préoccupée de sa douleur, n'avait pas remarqué l'absence de la jeune fille, miss Marianne ? Mais elle est sans doute dans sa chambre.

Gilbert y courut : l'appartement était vide.

— Il est dix heures, Maggie, dix heures, et cette jeune fille n'est pas dans la maison.

— Elle se promenait tantôt avec Lance dans l'avenue vis-à-vis.

— Elle aurait perdu le cottage de vue et se serait égarée. Ah ! Maggie, je tremble qu'il lui soit arrivé malheur. Dix heures passées ! mais à cette heure, il n'y a que les loups et les hors-la-loi d'éveillés dans la forêt.

Gilbert prit son arc, ses flèches, une dague bien affilée, et s'élança dans la forêt à la recherche de Marianne ; il connaissait tous les fourrés, tous les taillis, tous les buissons, toutes les clairières, et il voulait fouiller un à un tous les endroits si connus de lui et dangereux pour une femme.

— Il faut que je retrouve cette jeune fille, se disait Gilbert. Par saint Pierre ! il faut que je la retrouve.

Guidé par l'instinct ou plutôt par cette prescience particulière que les forestiers arrivent à acquérir en pratiquant les bois, Gilbert suivit exactement la route que Marianne avait suivie jusqu'à l'endroit où elle était assise. Arrivé là, le forestier crut entendre un sourd gémissement sur le bord d'une allée voisine que l'épaisseur du feuillage dérobait aux rayons de la lune ; il prêta l'oreille et reconnut que ces gémissements étaient entremêlés de cris faibles, aigus et plaintifs comme ceux d'un animal qui souffre. L'obscurité était profonde, et Gilbert se dirigea à tâtons vers l'endroit d'où partaient ces cris ; à mesure qu'il s'approchait, ces cris devenaient plus distincts, et bientôt les pieds du garde se heurtèrent contre une masse inerte étendue sur le sol ; il se baissa, allongea le bras, et sa main toucha la robe poilue mais gluante de sueur froide d'un animal. L'animal, comme ranimé par le toucher de cette main, fit un mouvement, et ses plaintes se changèrent en un faible aboiement de reconnaissance.

— Lance, mon pauvre Lance! s'écria Gilbert.

Lance essaya de se redresser sur ses pattes; mais fatigué de l'effort, il retomba en gémissant.

— Un effroyable malheur est arrivé à cette pauvre jeune fille, se dit mentalement Gilbert, et Lance, en voulant la défendre, a succombé dans la lutte. Là! là! murmurait le forestier en caressant tendrement la fidèle bête, là! mon pauvre vieux, où es-tu blessé? Au ventre? Non. Au râble? Aux pattes? Non, non. Ah! sur la tête! Le coquin a voulu te fendre le crâne... Ah! tout beau! nous n'en mourrons pas. Tu as perdu bien du sang, mais il t'en reste encore... Le cœur bat, oui, je le sens battre, et il ne bat pas la retraite.

Gilbert, ainsi que tous les campagnards, connaissait les vertus médicinales de certaines plantes; il se hâta donc d'aller en cueillir quelques-unes dans les clairières voisines, où l'obscurité était combattue par les premiers rayons de la lune, et, après les avoir broyées entre deux pierres, il les plaça sur la blessure de Lance et les y maintint à l'aide d'une compresse improvisée avec un lambeau de son surtout en peau de chèvre.

— Il faut que je te quitte, pauvre vieux; mais sois tranquille, je reviendrai te chercher; en attendant, tu vas te reposer là sur cette litière de feuilles sèches, et je recouvrirai ton corps avec d'autres feuilles afin que tu n'aies pas froid, mon bon Lance !

Tout en parlant ainsi à son chien comme il aurait parlé à un homme, le vieux forestier, prenant l'animal entre ses bras, le transporta dans un fourré. Cela fait, il donna une dernière caresse au fidèle animal, et reprit sa course à la recherche de Marianne.

— Par saint Pierre ! murmurait Gilbert en explorant d'un œil de lynx les taillis et les clairières, par saint Pierre ! si le bon Dieu jette sur mon chemin le fils du diable qui a endommagé le cuir de mon pauvre Lance, je lui ferai danser une ronde à coups de plat de dague comme jamais il n'en dansera. Ah ! le coquin ! ah ! le bandit !

Gilbert suivait précisément le sentier par où s'était enfuie Marianne après la chute de Lance, et arriva dans la clairière non loin de laquelle Petit-Jean avait délivré la fugitive. Gilbert allait explorer les alentours assez déboisés de cette clairière, lorsqu'une ombre rendue gigantesque par les rayons obliques de la lune lui apparut s'agitant sur le sol ; il crut d'abord qu'elle provenait d'un grand arbre et n'y prêta pas attention ; mais l'instinct souffla à Gilbert que cette ombre avait quelque chose d'étrange : il la considéra donc attentivement et reconnut bientôt qu'elle ne pouvait appartenir qu'à un être vivant, à un homme.

À vingt pas du lieu où il se trouvait, Gilbert vit un homme debout appuyé contre un arbre, le dos tourné et agitant ses bras autour de sa tête comme s'il voulait se coiffer d'un turban.

Le forestier n'hésita pas à planter sa vigoureuse main sur celui qu'il croyait être un hors-la-loi, et peut-être aussi le meurtrier de miss Marianne.

— Qui es-tu? lui demanda-t-il en même temps d'une voix de tonnerre.

L'homme, moitié saisissement, moitié faiblesse, chancela et se laissa glisser le long de l'arbre jusqu'aux pieds de Gilbert.

— Qui es-tu? répéta Gilbert en redressant brusquement l'étranger.

— Que vous importe? grommela le personnage sitôt que, remis sur ses jambes, il se fut aperçu que Gilbert était seul; que vous...

— Il m'importe beaucoup. Je suis garde forestier, et comme tel chargé de la police de Sherwood; or tu ressembles à un bandit autant que la pleine lune de ce mois-ci ressemble à celle du mois dernier, et je te soupçonne de ne chasser qu'un seul genre de gibier. Néanmoins je te laisserai partir en liberté si tu veux répondre clairement et sincèrement à certaines questions que je vais t'adresser; mais si tu refuses, par saint Dunstan! je t'abandonne à la sollicitude du shérif.

— Questionnez-moi, je verrai si je dois répondre.

— As-tu rencontré ce soir dans la forêt une jeune fille vêtue d'une robe blanche?

Un affreux sourire passa sur les lèvres du bandit.

— Je comprends, tu l'as rencontrée. Mais que vois-je? Tu es blessé à la tête? Oui, et cette blessure a été faite par les dents d'un chien. Ah! misérable! je vais m'en assurer.

Et Gilbert arracha vivement le bandeau ensanglanté qui recouvrait la blessure; l'homme ainsi démasqué laissa voir un lambeau de chair retombant sur son cou, et, fou de douleur, s'écria sans songer qu'il s'accusait lui-même:

— Comment pouvez-vous savoir que c'est un chien? Nous étions seuls!

— Et la jeune fille, où est-elle? Parle, misérable, parle ou je te tue.

Pendant que Gilbert, la main sur la poignée de sa dague, attendait une réponse, le hors-la-loi relevait sournoisement son arbalète et lui en assénait un coup violent au sommet de la tête. Le vieillard, étourdi un instant, reprit bien vite son aplomb, s'affermit sur ses jambes et dégaina. Le proscrit reçut alors du plat de la dague une si furieuse grêle de coups serrés et continus, sur le dos, sur les épaules, sur les bras et sur les flancs, qu'il tomba et demeura gisant à terre immobile et presque mort.

— Je ne sais pas pourquoi je ne te tue pas, misérable ! criait le forestier ; mais puisque tu ne veux pas dire où elle est, je t'abandonne au hasard. Meurs là, comme une bête fauve.

Et Gilbert s'éloigna pour recommencer ses recherches.

— Je ne suis pas encore mort, vil esclave du fouet ! murmura le proscrit, en se soulevant sur son coude dès que Gilbert fut parti ; je ne suis pas mort, et je vous le prouverai ! Ah ! vous voudriez savoir où elle se trouve maintenant, cette jeune fille ? Je serais bien niais de faire cesser vos angoisses en vous disant qu'un des Gamwell l'a conduite vers le hall. Oh ! là, là ! que je souffre ! Mes os sont fracassés, mes membres disloqués, et je ne suis pas mort, non, non, Gilbert Head, je ne suis pas mort !

Et, se traînant sur les genoux et sur les mains, il alla chercher du repos et un abri dans l'épaisseur d'un fourré.

Le vieillard, de plus en plus inquiet, ne cessait de parcourir la forêt, et commençait à perdre tout espoir de rencontrer la jeune fille, du moins vivante, lorsque non loin de là il entendit chanter une de ces joyeuses ballades qu'il avait jadis composées en l'honneur de son frère Robin.

Le chanteur invisible arrivait au-devant de lui dans le même sentier; Gilbert écouta, et son amour-propre de poète lui fit oublier les inquiétudes du moment.

— Que la rouge figure de ce sot Will, si bien nommé l'Écarlate, se balance pendue à la branche d'un chêne, murmura Gilbert d'un ton de mauvaise humeur; il chante l'air de ma ballade d'une façon bien peu en rapport avec les paroles. Ohé! maître Gamwell; ohé! William Gamwell, n'estropiez donc pas ainsi la musique et la poésie! Eh! que diable faites-vous à cette heure dans la forêt?

— Holà! répondit le jeune gentleman, qui donc ose interrompre les chants de William de Gamwell avant que William de Gamwell ne lui ait souhaité la bienvenue?

— Quiconque a entendu une fois, une seule fois, la voix de Will l'Écarlate ne l'oublie jamais, et n'a besoin pour reconnaître l'approche de Will ni des clartés du soleil ni de celles de la lune, pas même de celles des étoiles.

— Bravo! bien riposté! dit joyeusement un autre personnage.

— Avancez, spirituel étranger, répliqua Will d'un ton provocateur, et nous verrons à vous donner une leçon de politesse.

Et Will faisait déjà tournoyer son bâton quand Petit-Jean intervint.

— Mais tu es fou, mon cousin ; ne reconnais-tu donc pas le vieux Gilbert, chez lequel nous allons ?

— Gilbert, vraiment !

— Eh ! oui, Gilbert.

— Ah ! c'est différent, dit le jeune homme ; et il s'élança au-devant du forestier en s'écriant :

— Bonnes nouvelles, mon vieux, bonnes nouvelles ! La jeune dame est en sûreté au hall, et miss Barbara ainsi que miss Winifred ont grand soin d'elle ; Petit-Jean l'a rencontrée dans la forêt au moment où un hors-la-loi allait lui faire un mauvais parti. Mais vous êtes donc seul, Gilbert ? Et Robin, mon cher Robin Hood, où est-il ?

— Paix, paix donc, Will ! Ménagez vos poumons et nos oreilles. Robin est parti ce matin pour Nottingham, et n'était pas encore de retour quand j'ai quitté la maison.

— Ah ! c'est mal à Robin Hood d'aller sans moi à Nottingham ; nous nous étions promis de passer huit jours à la ville. On s'y amuse tant !

— Mais comme vous êtes pâle, Gilbert, dit Petit-Jean ; qu'avez-vous ? Êtes-vous malade ?

— Non, j'ai des chagrins : mon beau-frère est mort aujourd'hui, et j'ai appris que... mais qu'importe, n'en parlons plus. Dieu soit loué ! miss Marianne est hors de danger. C'est elle que je cherchais dans la forêt ; jugez de mon inquiétude, surtout après avoir rencontré tout à l'heure le meilleur de mes chiens, le pauvre Lance, presque mort.

— Lance presque mort, ce chien si bon, si...

— Oui, Lance, une bête comme il ne s'en fait plus, la race en est perdue.

— Qui a fait cela, qui a commis ce crime ? Dites-moi où il est, ce coquin, que je lui brise les côtes ! Où est-il ? où est-il ? demandait vivement le jeune homme aux cheveux rouges.

— Soyez tranquille, mon fils, j'ai vengé le vieux Lance.

— C'est égal, je veux le venger aussi, moi ; dites, où est-il, le misérable assez lâche pour tuer un chien ? Il faut que je prenne son signalement avec mon bâton. C'est un proscrit, sans doute ?

— Oui, et je l'ai laissé là-bas... de ce côté... presque mort, après l'avoir roué de coups avec le plat de ma dague.

— Si cet homme est le même que celui qui a osé violenter miss Marianne, il est de mon devoir de le conduire à Nottingham, devant le shérif, dit Petit-Jean. Montrez-moi où vous l'avez laissé, Gilbert.

— Par ici, par ici, mes enfants !

Le vieux forestier retrouva facilement l'endroit où le proscrit était tombé sous ses coups ; mais le proscrit n'y était déjà plus.

— C'est fâcheux ! s'écria Will. Tiens, voilà justement où nous nous donnons rendez-vous, en partant du hall, pour la chasse, là-bas, dans ce carrefour, entre ce chêne et ce hêtre.

— Entre ce chêne et ce hêtre ! répéta Gilbert dont tout le corps frissonna subitement.

— Oui, entre ces deux arbres. Mais qu'avez-vous, mon vieux ? s'écria Will ; vous tremblez comme une feuille.

— C'est que... Ah ! rien, rien, répliqua Gilbert en comprimant son émotion ; un souvenir, rien.

— Bah ! vous craignez les revenants, vous, mon brave, dit Petit-Jean qui ignorait la cause du trouble de Gilbert ; je vous croyais blasé là-dessus, en votre qualité de doyen des forestiers. Il est vrai néanmoins que cet endroit ne jouit pas d'une très bonne réputation ; on dit que l'âme en peine d'une jeune fille, tuée par des proscrits, erre chaque nuit sous ces grands arbres ; je ne l'ai jamais vue, moi, quoique je fréquente la forêt aussi bien de nuit que de jour ; mais beaucoup de gens de Mansfeld, de Nottingham, du hall et des villages voisins affirment sous serment l'avoir rencontrée dans le carrefour.

À mesure que Petit-Jean parlait ainsi, l'émotion de Gilbert croissait ; une sueur froide mouillait son visage, ses dents claquaient, et, les yeux hagards, le bras tendu vers le hêtre, il montrait du doigt à ses compagnons un objet invisible.

Tout à coup, la brise, légère jusqu'alors, se tourna en rafale et balaya de dessous ces arbres les feuilles sèches qui s'y étaient entassées, et du milieu du tourbillon surgit une forme humaine.

— Annette, Annette, ma sœur, s'écria Gilbert tombant à genoux et levant ses mains jointes, Annette, que désires-tu ? Qu'ordonnes-tu ?

Will et Petit-Jean, tout intrépides qu'ils étaient, frémirent et se signèrent dévotement, car Gilbert n'était point la dupe d'une hallucination, et comme lui ils voyaient un grand fantôme blanc debout entre les deux arbres ; le fantôme eut l'air de vouloir s'avancer vers eux, mais la rafale redoublant de violence, il s'éloigna à reculons comme s'il obéissait à la force du vent, et disparut à l'extrémité du carrefour dans une zone obscure où les rayons obliques de la lune, interceptés par l'épaisseur du feuillage, ne pénétraient pas encore.

— C'est elle ! elle ! sans sépulture !

En prononçant ces derniers mots, Gilbert s'évanouit, et ses compagnons demeurèrent longtemps immobiles et muets comme des statues ; ils ne voyaient plus le fantôme, mais il leur semblait que la brise apportait jusqu'à eux des bruits confus, des gémissements.

Revenus peu à peu de leur frayeur, nos deux jeunes gens se concertèrent pour porter secours à Gilbert toujours évanoui ; en vain frappèrentils des mains dans les siennes et cherchèrent-ils à lui faire avaler quelques gouttes de ce whisky dont chaque forestier en course possède une petite provision ; en vain murmurèrent-ils à son oreille tout un vocabulaire de mots de consolation, le vieillard ne sortait pas de son anéantissement, et, sans les battements du cœur toujours appréciables, on l'aurait cru mort.

— Que faire, cousin ? demanda Will.

— Le transporter chez lui, et au plus vite, répondit Petit-Jean.

— Certes tu es de force à le placer sur ton dos ; mais il n'y sera pas à son aise, pas plus que si je le prenais par les pieds et toi par la tête.

— Tiens, voici ma hachette, Will ; va-t'en choisir dans le fourré ce qu'il faut pour improviser un brancard ; mais je reste là, j'espère encore pouvoir le réveiller.

William ne chantait plus les joyeuses ballades de Gilbert, et s'affligeait sincèrement de l'état du vieux poète de Sherwood ; tout en cherchant son bois, il arriva à cette extrémité sombre du carrefour par où s'était évaporé le fantôme ; et, disons-le à sa louange, il n'éprouva pas plus de frayeur que s'il se fût promené seul à minuit dans le verger du hall de Gamwell.

Tout à coup William trébucha contre un objet volumineux couché sur la terre, et roula dessus ; le jeune homme allait lancer le plus énergique juron contre le malencontreux obstacle qui l'arrêtait en son chemin, lorsqu'il sentit que ce qu'il prenait pour un morceau de bois était doué de mouvement et débitait à son oreille une kyrielle de blasphèmes.

— Holà ! là ! s'écria le courageux Will en empoignant la gorge de l'individu sur lequel il venait de rouler ; cousin, cousin, à moi ! je le tiens !

— Coupe-le ras le pied, répondit Petit-Jean sans quitter Gilbert.

— Eh ! ce n'est pas un jeune arbre que je tiens, c'est le bandit, le meurtrier de Lance ; à moi, cousin !

— Me lâcheras-tu ? j'étouffe ! disait l'homme en râlant. Ah ! vous voilà tous deux après moi, ajouta-t-il en voyant accourir Petit-Jean ; ce n'est pas la peine... je meurs !... De l'air, par pitié, de l'air !...

William se releva.

— Eh ! parbleu ! c'est le fantôme de tout à l'heure, avec son surtout en peau de chèvre blanche ! s'écria Petit-Jean. N'étais-tu pas couché là-bas, entre deux arbres, sur un tas de feuilles ?

— Oui.

— C'est toi qui as poursuivi une jeune fille ? demanda Petit-Jean.

— C'est toi qui viens d'assommer le plus brave des chiens ? ajouta Will.

— Non, non, messeigneurs ; par pitié, secourez-moi, je meurs !

— Et, reprit Will, tu viens de tuer un homme qui a cru voir en toi un fantôme, le fantôme d'une Annette...

— Annette ? Annette ? Ah ! oui, je me souviens d'Annette... C'est Ritson qui l'a tuée ; moi j'étais déguisé en prêtre et je les ai mariés.

— Il a le délire ! pensèrent les deux cousins, qui ne comprenaient pas le sens de ces dernières paroles.

— Par pitié, messeigneurs, emportez-moi d'ici ! La terre est si dure !

— Dis-nous d'abord qui t'a mis en cet état.

— Les loups, répondit le misérable, qui, malgré les souffrances de l'agonie, ne perdait pas l'esprit ; les loups, messeigneurs ; ils ont dévoré tout un côté de ma tête, ils m'ont déchiré les membres à coups de dents ; j'étais égaré dans la forêt, et comme je n'avais pas mangé depuis deux jours, je n'ai pas eu la force de me défendre. Pitié, pitié, mes deux seigneurs.

— C'est un hors-la-loi, dit Petit-Jean, à l'oreille de Will, c'est lui qui a poursuivi miss Marianne et fendu la tête à Lance ; c'est lui que Gilbert a roué de coups. Il m'est avis qu'il n'ira pas loin, et que nous le retrouverons ici au point du jour ; alors, s'il n'est pas mort, je le conduirai devant le shérif.

Et sans plus s'inquiéter des gémissements du bandit, les deux cousins retournèrent près de Gilbert.

Peu à peu Gilbert avait repris ses sens; il déclara qu'il se sentait capable de regagner à pied son domicile, et il se mit en route, soutenu de chaque côté par les deux jeunes gens.

À quelques pas de sa maison il s'arrêta pour écouter un bruit lugubre qui s'élevait dans les airs, et il tressaillit en disant:

— C'est Lance; c'est son dernier cri de douleur peut-être.

— Courage, bon Gilbert! nous arrivons; voici dame Marguerite qui vous attend sur la porte, une lumière entre les mains; courage!

Pour la seconde fois les hurlements du chien traversèrent l'espace, et Gilbert allait perdre connaissance quand Marguerite, se précipitant au-devant de lui, le soutint et l'entraîna dans l'intérieur de la maison.

Une heure plus tard, Gilbert, presque calmé, disait doucement à ses jeunes amis:

— Enfants, plus tard peut-être aurai-je la force de vous raconter l'histoire de cette âme en peine que nous avons vue errer là-bas.

— Une âme en peine! s'écria Will avec un gros rire. Ah! nous la connaissons, cette âme...

— Silence, cousin! dit Petit-Jean d'un air sévère.

— Non, vous ne la connaissez pas, vous êtes trop jeunes, reprit Gilbert.

— Je veux dire que nous avons rencontré le hors-la-loi que vous avez si bien accompagné à coups de dague.

— Vous l'avez rencontré ?

— Oui, et presque mort.

— Dieu lui pardonne !

— Et le diable l'emporte ! ajouta Will.

— Silence, cousin !

— Avant de retourner au hall, vous pouvez me rendre un grand service, mes enfants ? reprit Gilbert.

— Parlez, maître.

— Il y a un mort dans ma maison, aidez-nous à le porter en terre.

— Nous sommes à vos ordres, bon Gilbert, répliqua William ; nous avons de bons bras, et ne craignons ni morts, ni vivants, ni fantômes.

— Silence donc, cousin !

— Soit, on se taira, murmura Will de très mauvaise humeur.

Il ne comprenait pas comme Petit-Jean que les allusions au fantôme réveillaient les angoisses et les douleurs du vieux forestier.

En tête, le père Eldred récitant des prières, à sa suite Petit-Jean et Lincoln portant le cadavre sur une civière, après la litière Marguerite et Gilbert, Gilbert retenant ses sanglots pour ne pas provoquer ceux de

Marguerite, et Marguerite pleurant silencieusement sous son capuchon de bure, et après
eux Will l'Écarlate, tel était l'ordre du convoi
qui s'avançait à l'heure de minuit vers les deux
arbres au pied desquels l'amant et meurtrier
d'Annette avait demandé la grâce d'être
enseveli.

Gilbert et sa femme demeurèrent agenouillés
tout le temps que les bras vigoureux de Lincoln
et de Petit-Jean s'employèrent à creuser la
fosse.

Elle n'était pas à moitié creusée que Will, qui
montait la garde aux environs, l'arc bandé
d'une main et la dague de l'autre, vint dire à
l'oreille de son cousin :

— Nous ne ferions peut-être pas mal
d'agrandir ce trou et d'y jeter quelqu'un en
compagnie de cet homme.

— Que signifie cela, cousin ?

— Cela signifie que celui qui prétendait avoir
été attaqué par les loups et que nous avons
laissé en fort mauvais état à quelques pas d'ici
est mort, bien mort. Allez lui donner un coup
de pied, et vous verrez s'il se plaint.

Les dernières pelletées de terre retombaient
sur les cadavres des deux bandits, quand, pour
la troisième fois, les hurlements du chien
planèrent dans la forêt.

— Lance, mon pauvre Lance, à toi, à toi maintenant ! s'écria le forestier. Je ne rentrerai pas sans t'avoir porté secours.

X

Ainsi que l'avait raconté Maude, le fougueux baron, suivi de six hommes d'armes, s'était rendu au cachot d'Allan Clare.

Plus de prisonnier !

— Ah ! ah ! dit-il en riant comme un tigre, si toutefois les tigres peuvent rire, ah ! ah ! l'on obéit à mes ordres d'une admirable façon ; vraiment j'en suis enchanté ! Mais à quoi servent donc mes geôliers et mon donjon ? Par sainte Griselda ! j'exercerai désormais sans eux mes droits de haute et de basse justice, et je renfermerai mes prisonniers dans la volière de ma fille... Egbert Lanner, le porte-clefs, où est-il ?

— Le voilà, monseigneur, répondit un soldat ; je le tiens serré de près, sans quoi le prisonnier se serait enfui.

— Et s'il s'était enfui je t'aurais pendu à sa place... Approche ici, Egbert. Tu vois la porte de ce cachot, elle est fermée ; tu vois ce guichet, il est étroit ; eh bien ! me diras-tu comment le prisonnier, qui n'est ni assez mince de corps pour passer par cette ouverture, ni aussi subtil que l'air pour s'évaporer par le trou de la serrure, me diras-tu comment il a fait pour s'échapper ?

Egbert, plus mort que vif, gardait le silence.

— Me diras-tu pour quel vil intérêt tu as prêté la main à l'évasion de ce criminel ? Je te demande cela sans colère, réponds-moi sans crainte. Je suis bon et juste, et peut-être, si tu avoues ta faute, je pardonnerai...

Le baron faisait de la mansuétude en pure perte ; Egbert avait trop d'expérience pour croire à sa sincérité, et, toujours plus mort que vif, il ne répondit pas.

— Ah ! stupides esclaves que vous êtes ! s'écria tout à coup Fitz-Alwine, je gagerais que pas un de vous n'a eu l'esprit d'avertir le concierge du château de ce qui se passait ? Vite, vite, qu'un de vous aille ordonner de ma part à Hubert Lindsay de relever le pont-levis et de fermer toutes les portes.

Un soldat partit aussitôt en courant, mais il s'égara dans les couloirs obscurs de la prison, et tomba la tête la première dans l'escalier d'une cave. La chute fut mortelle, personne ne s'en aperçut, et les fugitifs sortirent du château, grâce à cette catastrophe ignorée.

— Milord, dit un des hommes d'armes, quand nous venions ici, il m'a semblé voir les reflets d'une torche à l'extrémité de la galerie qui conduit à la chapelle.

— Et tu attends jusqu'à présent pour me le dire ! s'écria le baron. Ah ! ils ont juré de me faire mourir à petit feu, les coquins ! Mais ils mourront avant moi, oui, ajouta-t-il, suffoqué par la colère ; oui, vous mourrez avant moi, et j'inventerai pour vous un supplice terrible, si je ne rattrape pas ce mécréant qu'Egbert remplacera alors au gibet.

En achevant ces mots, Fitz-Alwine arracha une torche des mains d'un soldat et se précipita dans la chapelle. Christabel, debout devant le tombeau de sa mère, paraissait plongée dans une profonde méditation.

— Fouillez par tous les coins et recoins, ramenez-le mort ou vif ! dit le baron.

Les soldats obéirent.

— Et vous, ma fille, que faites-vous ici ?

— Je prie, mon père.

— Vous priez sans doute pour un mécréant qui mérite la corde ?

— Je prie pour vous devant le tombeau de ma mère ; ne le voyez-vous pas ?

— Où est votre complice ?

— Quel complice ?

— Ce traître, cet Allan.

— Je l'ignore.

— Vous me trompez ; il est ici.

— Je ne vous ai jamais trompé, mon père.

Le baron scruta du regard le pâle visage de la jeune fille.

— Nous ne trouvons ni l'un ni l'autre, vint dire un des soldats.

— Ni l'un ni l'autre ? répéta Fitz-Alwine, qui commençait à se douter de la fuite de Robin.

— Mais oui, seigneur, ni l'un ni l'autre. Est-ce qu'on ne parle pas des deux prisonniers évadés ?

Exaspéré de voir Robin lui échapper, l'insolent Robin qui l'avait bravé en face et duquel il espérait obtenir plus tard par la torture certains renseignements sur Allan, le baron appliqua sa large main sur l'épaule de l'indiscret soldat, et lui dit :

— Ni l'un ni l'autre ? Explique-moi la valeur de ces quatre mots.

Le soldat frissonnait sous la pression violente de cette main et ne savait que répondre.

— Mais d'abord, qui es-tu ?

— S'il plaît à Votre Seigneurie, je me nomme Gaspard Steinkoff ; j'étais en faction sur le rempart, et c'est...

— Misérable ! C'est donc toi qui étais de garde derrière la porte du cachot de ce jeune loup de Sherwood ? Ne me dis pas que tu l'as laissé fuir, sinon je te poignarde.

Nous nous abstiendrons désormais d'indiquer les innombrables nuances de colère du baron ; qu'il suffise à nos lecteurs de savoir que la colère était passée chez lui à l'état d'habitude, de nécessité, et qu'il aurait cessé de respirer s'il avait cessé d'être en colère.

— Ainsi, tu avoues qu'il s'est échappé pendant que tu étais de faction sur le rempart de l'est? reprit le baron après un instant de silence; allons, réponds-moi!

— Milord, vous m'avez menacé de votre poignard si j'avouais, répondit le pauvre diable.

— Et certes j'exécuterai ma menace.

— Alors je me tais.

Le baron levait le poignard sur le malheureux quand lady Christabel retint son bras en s'écriant:

— Oh! je vous en conjure, mon père, n'ensanglantez pas ce tombeau!

Cette prière fut écoutée; le baron repoussa brusquement Gaspard, rengaina son poignard, et dit à la jeune fille d'un ton sévère:

— Rentrez dans votre appartement, milady; et vous autres, montez à cheval et courez sur la route de Mansfeldwoohaus; les prisonniers ont dû suivre cette direction, vous pourrez les rattraper facilement; je les veux, il me les faut à tout prix, entendez-vous? Il me les faut!

Les hommes d'armes obéirent, et Christabel s'éloignait quand Maude rentra dans la chapelle, courut à sa maîtresse, et, se mettant un doigt sur les lèvres, dit à mi-voix:

— Sauvés! sauvés!

La jeune lady joignit pieusement les mains pour remercier Dieu, et partit suivie de Maude.

— Arrêtez! cria le baron qui avait entendu le chuchotement de la cameriste. Demoiselle Hubert Lindsay, je désirerais m'entretenir un instant avec vous. Eh bien! approchez donc; avez-vous peur qu'on vous dévore?

— Je ne sais, répondit Maude épouvantée; mais vous me paraissez si en colère, si furieux, monseigneur, que je n'ose.

— Demoiselle Hubert Lindsay, on connaît votre astuce et on sait que vous ne vous épouvantez pas d'un froncement de sourcils. Cependant, si on le voulait, on vous ferait trembler réellement, et prenez garde qu'on ne le veuille... Or çà, dites-moi qui est sauvé? J'ai entendu vos paroles, ma belle effrontée!

— Je n'ai point dit que quelqu'un était sauvé, monseigneur, répondit Maude en jouant d'un air candide avec les longues manches de sa robe.

— Ah! vous n'avez pas dit que quelqu'un était sauvé, charmante comédienne! Vous avez dit peut-être qu'ils étaient sauvés; pas un, mais plusieurs.

La cameriste secoua la tête en signe de négation.

— Oh! la menteuse, la menteuse prise en flagrant délit!

Maude regarda fixement le baron en affectant un grand air de stupidité, comme si elle ne comprenait pas ce que signifiaient ces mots : flagrant délit.

— Je ne suis point dupe de votre feinte imbécillité, reprit le baron. Je sais que vous avez favorisé la fuite de mes prisonniers ; mais ne chantez pas victoire, ils ne sont pas encore tellement éloignés du château que mes gens ne puissent les rattraper, et nous verrons dans une heure si vous les empêchez d'être attachés l'un à l'autre dos à dos, et jetés du haut des remparts dans les fossés.

— Pour les attacher dos à dos, monseigneur, il faut d'abord les ramener ici, répliqua Maude, toujours avec une naïveté stupide que démentaient des yeux pétillant de malice.

— Et avant de leur faire faire le plongeon dans les fossés, on les confessera ; et s'il est prouvé que vous avez été leur complice, nous essayerons un peu de vous faire trembler, demoiselle Hubert Lindsay.

— À vos souhaits, monseigneur.

— Mais ce ne sera guère aux vôtres... vous verrez.

— Par saint Valentin ! monseigneur, je serais bien contente d'être instruite à l'avance de vos projets pour moi ; j'aurais au moins le temps de me préparer, ajouta-t-elle avec une révérence.

— Insolente !

— Milady, reprit la camériste d'un ton parfaitement calme, et se rapprochant de sa maîtresse, qui dans son immobilité ressemblait à une statue de la Douleur ; milady, si vous voulez m'en croire, Votre Honneur regagnera son appartement ; la nuit devient froide... Votre Honneur n'a pas la goutte... mais...

L'irascible baron, démonté par tant de sang-froid railleur, interrompit la camériste et lui demanda une dernière fois de qui elle avait voulu parler en disant : « Sauvés ! sauvés ! »

Cette demande fut faite presque sans colère, et Maude comprit qu'il était temps d'y répondre d'une façon ou d'une autre ; aussi s'écria-t-elle, comme vaincue par la persistance du baron :

— Je vais vous le dire, monseigneur, puisque vous l'exigez. Oui, j'ai prononcé ces mots : « Il est sauvé ! » et je les ai prononcés à voix basse, pour ne pas montrer mon émotion devant vos hommes d'armes. Mais bien fin qui pourrait vous cacher quelque chose, monseigneur. Je disais donc à milady : « Il est sauvé ! il est sauvé ! » et je parlais de ce pauvre Egbert que vous aviez l'intention de pendre, monseigneur, et que vous n'avez pas pendu, Dieu soit loué ! ajouta Maude en fondant en larmes.

— Voilà qui est fort ! s'écria le baron. Mais vous me prenez donc pour un idiot, Maude ? Ah ! ah ! c'est absurde, et vous abusez de ma patience ! Eh bien ! Egbert sera pendu, et, puisque vous l'aimez, vous serez pendue avec lui.

— Grand merci, monseigneur, riposta la camériste, en éclatant de rire ; et, pirouettant après une révérence, elle courut rejoindre Christabel qui venait de sortir de la chapelle.

Lord Fitz-Alwine suivit Maude en improvisant un long monologue rempli d'objurgations contre l'astuce des femmes. La rieuse insolence de Maude avait surexcité les instincts féroces du baron ; il ne savait ni sur qui ni comment décharger sa colère ; il aurait abandonné la moitié de sa fortune pour qu'on lui livrât sur-le-champ Allan et Robin ; et, pour tuer le temps qui devait s'écouler jusqu'au retour des soldats lancés à la poursuite des fugitifs, le baron résolut d'aller épancher sa mauvaise humeur avec la compagnie de lady Christabel.

Maude, qui sentait le baron venir sur ses traces, redouta quelque violence et s'enfuit au plus vite avec la torche, de sorte qu'il se trouva tout à coup plongé dans une profonde obscurité, et débita une nouvelle série de malédictions contre Maude, et contre l'univers entier.

— Tempête, tempête, baron ! se disait Maude en s'éloignant ; mais la jeune fille, plus espiègle que méchante, fut prise d'un remords en pensant à ce vieillard infirme qu'elle abandonnait dans ces noires galeries; elle s'arrêta, et elle crut entendre des cris de détresse.

— Au secours! criait une voix sourde et étouffée.

— Il me semble reconnaître la voix du baron, pensa Maude, en retournant bravement en arrière. Où êtes-vous donc, monseigneur? demanda la jeune fille.

— Ici, coquine, ici! répondit Fitz-Alwine; et sa voix semblait sortir de dessous terre.

— Dieu du ciel! comment êtes-vous descendu là? s'écria Maude en s'arrêtant au haut de l'escalier, et à l'aide de sa torche la jeune fille entrevit le baron étendu sur les marches et arrêté dans sa descente par un objet qui lui barrait le passage.

Le furibond personnage avait fait fausse route, comme le malheureux soldat qui s'était tué en allant ordonner la fermeture des portes du château; mais, grâce à la cuirasse qu'il portait toujours sous son pourpoint, le baron avait glissé sur les marches de l'escalier sans se blesser, et ses pieds avaient trouvé un point d'appui contre le cadavre du soldat.

Cette chute produisit sur la colère du châtelain l'effet que produit la pluie sur un grand vent.

— Maude, dit-il en se relevant avec peine et soutenu par la main de la jeune fille, Maude, Dieu vous punira de m'avoir manqué de respect au point de m'abandonner sans lumière dans l'obscurité.

— Pardon, monseigneur ; je suivais milady, et je croyais qu'un de vos soldats vous accompagnait avec une torche. Dieu soit loué ! vous êtes sain et sauf, et la Providence n'a pas permis que notre bon maître nous fût enlevé... Appuyez-vous sur mon bras, monseigneur.

— Maude, dit le baron qui n'avait garde de reprendre ses allures de fou furieux tant que le secours de la caمériste lui était nécessaire, Maude, vous rappellerez à ma mémoire que l'ivrogne endormi sur l'escalier de ma cave doit être réveillé par cinquante coups de fouet.

— Soyez tranquille, monseigneur, je ne l'oublierai pas.

Ils étaient loin de penser que cet ivrogne n'était plus qu'un cadavre ; les lueurs vacillantes de la torche ne l'éclairaient que faiblement, et le baron était trop préoccupé de l'accident arrivé à sa précieuse personne pour remarquer que les marches de l'escalier n'étaient pas tachées de vin, mais de sang.

— Où allons-nous, monseigneur ? demanda Maude.

— Chez ma fille.

— Ah ! pauvre milady ! pensa la caمériste, il va recommencer à la torturer dès qu'il se sentira à l'aise dans un bon fauteuil.

Assise devant une petite table éclairée par une lampe de bronze, Christabel contemplait attentivement un petit objet placé dans le creux de sa main ; cet objet, elle le cacha au bruit de l'entrée du baron.

— Quelle est cette bagatelle que vous venez de soustraire si prestement à mes regards ? demanda le baron en s'asseyant dans le fauteuil le plus mœlleux de l'appartement.

— Bon, voilà déjà qu'il commence, murmura Maude.

— Que dites-vous, Maude ?

— Je dis, monseigneur, que vous me paraissez éprouver de grandes souffrances.

Le soupçonneux baron lança à la jeune fille un regard plein de colère.

— Répondez, ma fille : quelle est cette bagatelle ?

— Ce n'est pas une bagatelle, mon père.

— Ce ne peut être autre chose.

— Nos opinions alors ne sont pas les mêmes, répliqua Christabel en s'efforçant de sourire.

— Une bonne fille n'a pas d'autres opinions que celles de son père. Quelle est cette bagatelle ?

— Mais je vous jure que ce n'en est pas une.

— Ma fille, reprit le baron d'une voix calme par extraordinaire, mais très sévère, ma fille, si l'objet que vous venez de soustraire à mes regards ne se rattache à aucune faute commise, ou ne vous rappelle aucun souvenir blâmable, montrez-le-moi ; je suis votre père, et comme tel je dois veiller sur votre conduite ; si au contraire c'est une espèce de talisman, et si vous avez à rougir de sa possession, montrez-le-moi encore ; après mes droits j'ai des devoirs à remplir : vous empêcher de tomber dans l'abîme si vous marchez au bord, vous en retirer si vous y êtes déjà tombée. Encore une fois, ma fille, je vous demande quel est l'objet que vous cachez dans votre corsage.

— C'est un portrait, milord, répondit la jeune fille tremblante et rouge d'émotion.

— Et ce portrait est celui… ?

Christabel baissa les yeux sans répondre.

— N'abusez pas de ma patience... j'en ai beaucoup aujourd'hui, c'est vrai, mais n'en abusez pas ; répondez, c'est le portrait de...

— Je ne puis vous le dire, mon père.

Les larmes étouffèrent la voix de Christabel ; mais bientôt elle reprit d'un ton plus ferme :

— Oui, mon père, vous avez le droit de me questionner, mais, moi, j'oserai me donner celui de ne pas vous répondre ; car ma conscience ne me reproche rien de contraire ni à ma dignité ni à la vôtre.

— Bah ! votre conscience ne vous reproche rien parce qu'elle est d'accord avec vos sentiments ; c'est très joli, très moral ce que vous dites, ma fille.

— Veuillez me croire, mon père ; je ne déshonorerai jamais votre nom, je me souviens trop de ma pauvre sainte mère.

— Ce qui veut dire que je suis un vieux coquin... Ah ! c'est convenu depuis longtemps, hurla le baron ; mais je ne veux pas qu'on me le dise en face.

— Mais, mon père, je n'ai pas dit cela.

— Vous le pensez, alors. Bref, je me soucie fort peu de la précieuse relique que vous me cachez avec tant de persistance ; c'est le portrait du mécréant que vous aimez malgré ma volonté, et je n'ai déjà que trop vu sa diabolique physionomie. Maintenant, écoutez-moi bien, lady Christabel : vous n'épouserez jamais Allan Clare : je vous tuerais tous deux de ma propre main plutôt que d'y consentir, et vous épouserez sir Tristan de Goldsborough... Il n'est pas très jeune, c'est vrai, mais il a quelques années de moins que moi, et je ne suis pas vieux... il n'est pas très beau, c'est encore vrai ; mais depuis quand la beauté donne-t-elle le bonheur en ménage ? Je n'étais pas beau, moi, et cependant milady Fitz-Alwine ne m'eût pas troqué contre le plus brillant chevalier de la cour de Henri II, et d'ailleurs la laideur de Tristan de Goldsborough est une solide garantie pour votre future tranquillité... il ne vous sera pas infidèle ; sachez aussi qu'il est immensément riche et très influent en cour ; en un mot, c'est l'homme qui me... qui vous convient le mieux sous tous les rapports; demain je lui enverrai votre consentement; dans quatre jours il viendra lui-même vous remercier, et, avant la fin de la semaine vous serez une grande dame, milady.

— Je n'épouserai jamais cet homme, milord, s'écria la jeune fille, jamais! jamais!

Le baron éclata de rire.

— On ne vous demande pas votre consentement, milady, mais on se charge de vous faire obéir.

Christabel, jusqu'alors pâle comme une morte, rougit, et, pressant convulsivement ses mains l'une contre l'autre, parut prendre une détermination irrévocable.

— Je vous laisse à vos réflexions, ma fille, reprit le baron, si toutefois vous croyez qu'il soit utile de réfléchir. Mais rappelez-vous bien ceci : je veux, j'exige de votre part une obéissance entière, passive, absolue.

— Mon Dieu! mon Dieu! prenez pitié de moi! s'écria douloureusement Christabel.

Le baron s'éloigna en haussant les épaules.

Pendant une heure entière, Fitz-Alwine arpenta sa chambre en pensant aux événements de la soirée.

Les menaces d'Allan Clare effrayaient le baron, et la volonté de sa fille lui paraissait indomptable.

— Je ferais peut-être mieux, se disait-il, de traiter cette question de mariage avec douceur. Après tout, j'aime cette enfant ; c'est ma fille, c'est mon sang ; je ne veux pas qu'elle se regarde comme une victime de mes exigences ; je veux qu'elle soit heureuse, mais je veux aussi qu'elle épouse mon vieil ami Tristan, mon ancien compagnon d'armes. Voyons, je vais essayer de réussir en la prenant par la douceur.

Arrivé à la porte de l'appartement de Christabel, le baron s'arrêta, et un sanglot déchirant parvint jusqu'à lui.

— Pauvre petite, pensa le baron en ouvrant doucement la porte de la chambre.

La jeune fille écrivait.

— Ah ! ah ! se dit le baron qui ne comprenait guère pourquoi sa fille avait acquis le talent d'écrire, réservé à cette époque au clergé seul. C'est encore ce sot d'Allan Clare qui lui a mis en tête d'apprendre à barbouiller du papier.

Et Fitz-Alwine s'avança sans bruit vers la table.

— À qui donc écrivez-vous, mademoiselle ? demanda-t-il d'un ton furieux.

Christabel poussa un cri et voulut cacher le papier là où elle avait déjà caché le précieux portrait ; mais plus prompt qu'elle, le baron s'en empara. Éperdue, et oubliant que son noble père n'avait jamais pris la peine d'ouvrir un livre ni de tenir une plume, et que par conséquent il ne savait pas lire, la jeune fille voulut s'échapper de l'appartement ; mais le baron la saisie par le bras, et, l'enlevant comme une plume, la retint près de lui. Christabel s'évanouit. Les yeux brillants de fureur, le baron chercha à déchiffrer les caractères tracés par la main de sa fille ; mais, ne pouvant y parvenir, il abaissa son regard sur le visage décoloré de la pauvre enfant, qui s'appuyait inanimée contre sa poitrine.

— Oh ! les femmes ! les femmes ! vociféra le baron en portant Christabel sur le lit.

Cela fait, Fitz-Alwine ouvrit la porte en appelant d'une voix retentissante :

— Maude ! Maude !

La jeune fille accourut.

— Déshabillez votre maîtresse ; et le baron s'éloigna en grondant.

— Je suis seule avec vous, milady, dit Maude en ranimant sa maîtresse. Ne craignez rien.

Christabel ouvrit les yeux et promena autour d'elle des regards éperdus ; mais, ne voyant plus auprès de son lit que sa fidèle servante, elle lui jeta les bras autour du cou en s'écriant :

— Oh, Maude ! je suis perdue, Maude !

— Chère lady, confiez-moi votre malheur.

— Mon père s'est emparé d'une lettre que j'écrivais à Allan.

— Mais il ne sait pas lire, votre noble père, milady.

— Il se fera lire ma lettre par son confesseur.

— Oui, si nous lui en laissons le temps ; donnez-moi vite un autre papier, un papier dont la forme est semblable à celui qui vous a été enlevé.

— Tiens, cette feuille volante a quelques rapports...

— Soyez tranquille, milady, séchez vos beaux yeux ; les pleurs en ternissent l'éclat.

L'audacieuse Maude fit irruption dans l'appartement du baron au moment où celui-ci prêtait l'oreille à son vénérable confesseur, qui déjà tenait entre ses mains, pour la lire, la lettre de Christabel à Allan.

— Monseigneur, s'écria vivement Maude, milady m'envoie vous demander le papier que Votre Seigneurie a pris sur sa table.

Et en disant cela la jeune fille glissait vers le confesseur avec des allures de chatte.

— Ma fille est folle, par saint Dunstan ! Quoi, elle ose vous charger d'un pareil message ?

— Oui, monseigneur, et ce message, le voilà rempli ! s'écria Maude en s'emparant lestement du papier que le moine tenait déjà placé au bout de son nez pour mieux déchiffrer l'écriture.

— Insolente ! vociféra le baron en s'élançant à la poursuite de Maude.

La jeune fille bondit comme un faon jusqu'à la porte, mais sur le seuil elle se laissa atteindre.

— Rendez-moi ce papier, ou je vous étrangle !

Maude baissa la tête, parut trembler de peur, et le baron arracha d'une des poches de son tablier, où elle tenait ses deux mains plongées, un papier en tous points semblables à celui que le confesseur devait déchiffrer.

— Vous mériteriez une paire de soufflets, maudite pécore ! reprit le baron, levant une main sur Maude et de l'autre rendant le papier au moine.

— Je n'ai fait qu'obéir aux ordres de milady.

— Eh bien ! dites à ma fille qu'elle supportera la peine de vos insolences.

— Je salue humblement monseigneur, répliqua Maude en ajoutant à ses paroles une révérence des plus ironiques.

Enchantée de la réussite de son stratagème, la jeune fille rentra joyeusement dans la chambre de sa maîtresse.

— Voyons, mon père, nous sommes tranquilles maintenant ; lisez-moi ce que mon indigne fille écrit à ce païen d'Allan Clare.

Le moine commença d'une voix nasillarde :

« *Quand l'hiver moins rigoureux permet aux violettes de s'ouvrir,*

« *Quand les fleurs sont écloses et que les perce-neige annoncent le printemps,*

« *Quand ton cœur appelle les doux regards et les douces paroles,*

« Quand tu souris de joie, penses-tu à moi, mon
  amour ? »

— Qu'est-ce que vous me lisez là, mon père ?
s'écria le baron : des sottises, Dieu me damne !
— Je déchiffre mot à mot ce qui est sur ce
papier, mon fils ; vous plaît-il que je continue ?
— Certainement, mon père ; mais il me
semble que ma fille était trop agitée pour
n'avoir point écrit autre chose qu'une chanson
stupide.

Le moine reprit sa lecture.

« Quand le printemps couvre la terre de roses
  parfumées,
« Quand le soleil sourit dans le ciel,
« Quand les jasmins fleurissent sous les fenêtres,
« Envoies-tu vers celui qui t'aime une pensée
  d'amour ? »

— Au diable ! s'écria le baron ; on appelle cela
des vers ; y en a-t-il encore beaucoup, mon
père ?
— Quelques lignes, et rien d'autre chose.
— Cherchez, voyez à la dernière page.
— *« Quand l'automne... »*
— Assez ! assez ! hurla Fitz-Alwine ; la
romance passe en revue les quatre saisons ;
assez.

Néanmoins le vieillard continua :

« *Quand les feuilles détachées couvrent le gazon,*
« *Quand le ciel est couvert de nuages,*
« *Quand le givre et la neige tombent,*
« *Penses-tu à celui qui t'aime, mon amour ?* »

— Mon amour, mon amour ! répéta le baron ; mais ce n'est pas possible, Christabel n'écrivait pas cette chanson quand je l'ai surprise. Je suis dupé, bien dupé ; mais par saint Pierre ! ce ne sera pas pour longtemps. Mon père, je désirerais être seul ; bonsoir, bonne nuit.

— Que la paix soit avec vous, mon fils, dit le moine en se retirant.

Laissons le baron ruminer ses plans de vengeance, et retournons auprès de Christabel et de l'espiègle Maude.

La jeune fille écrivait à Allan qu'elle était prête à quitter la maison de son père, et que les projets du baron relativement à son mariage avec Tristan Goldsborough rendaient nécessaire cette cruelle détermination.

— Je me charge de faire parvenir cette lettre à messire Allan, dit Maude en prenant la missive ; et dans ce but, la jeune fille alla réveiller un jeune garçon de seize ou dix-sept ans, son frère de lait.

— Halbert, lui dit-elle, veux-tu me rendre un grand service, c'est-à-dire à lady Christabel ?

— Avec plaisir, répondit l'enfant.

— Je te préviens d'abord qu'il y a quelques dangers à courir.

— Tant mieux, Maude.

— Je puis donc avoir confiance en toi, ajouta Maude passant un de ses bras autour du cou de l'enfant et le regardant fixement de ses beaux yeux noirs.

— Confiance comme en Dieu, répliqua l'enfant naïvement présomptueux, comme en Dieu, ma chère Maude.

— Oh! je savais bien que je pouvais compter sur toi, cher frère; merci.

— De quoi s'agit-il?

— Il s'agit de te lever, de t'habiller et de monter à cheval.

— Rien de plus facile.

— Mais il faut que tu prennes le meilleur coureur de l'écurie.

— Rien de plus facile encore. Ma jument, qui porte ton joli nom, Maude, est la première trotteuse du comte.

— Je sais cela, cher enfant. Dépêche-toi, et, dès que tu seras prêt, viens me trouver dans la cour qui précède le pont-levis; je t'y attendrai.

Dix minutes après, Halbert, tenant sa monture par la bride, écoutait attentivement les instructions de l'adroite camériste.

— Ainsi, disait-elle, tu traverseras la ville et une partie de la forêt, et de là tu gagneras une maison située quelques milles en avant du bourg de Mansfeldwoohaus. Dans cette maison habite un garde forestier nommé Gilbert Head ; tu lui donneras ce billet en le priant de le remettre à messire Allan Clare ; et tu rendras au fils du forestier Robin Hood cet arc et ces flèches qui lui appartiennent. Voilà mes instructions ; les as-tu bien comprises ?

— Parfaitement, ma jolie Maude, répondit le jeune garçon ; tu n'as pas d'autres ordres à me donner ?

— Non. Ah ! si, j'oubliais... Tu diras à ce Robin Hood, le propriétaire de cet arc et de ces flèches, tu lui diras... que l'on s'empressera de lui faire savoir à quel moment il pourra venir au château sans courir de danger, car il y a ici une personne qui attend impatiemment son retour. Comprends-tu, Hal ?

— Certes, oui, je comprends.

— Fais bien en sorte d'éviter la rencontre des soldats du baron.

— Pourquoi les éviterais-je, Maude ?

— Je te dirai pourquoi à ton retour, et, si la fatalité te jette sur leur route, invente un prétexte pour justifier ta promenade nocturne, et garde-toi bien de leur parler du but de ton voyage. Va, mon brave cœur !

Halbert avait déjà le pied dans l'étrier quand Maude ajouta :

— Mais si tu rencontrais trois personnes dont l'une est un moine...

— Frère Tuck, n'est-ce pas?

— Oui, tu n'irais pas plus loin; ses deux compagnons sont Allan Clare et Robin Hood, et tu t'acquitterais aussitôt de tes commissions et reviendrais en toute hâte. Allons, en route! Ne manque pas de répondre à mon père, quand il te demandera le motif de ta sortie du château, que tu vas à la ville chercher un médecin pour lady Christabel qui est malade. Adieu, Hal, adieu! je dirai à Grâce May que tu es le plus aimable et le plus courageux de tous les garçons de Christendon.

— Vraiment, Maude, répliqua Halbert en se mettant en selle, tu auras la bonté de dire tout cela à Grâce?

— Mais oui, et de plus, je la prierai de te payer elle-même tous les baisers que je te dois pour le service que tu me rends.

— Hourra! hourra! cria l'enfant en éperonnant sa bête; hourra pour Maude! hourra pour Grâce!

Le pont-levis s'abaissa: Hal descendit au galop la colline, et, plus légère que l'hirondelle, Maude s'envola vers l'appartement de lady Christabel et annonça joyeusement le départ du messager.

XI

La nuit était calme et sereine, les clartés de la lune inondaient la forêt, et nos trois fugitifs traversaient rapidement les zones tour à tour obscures et lumineuses des clairières et des taillis.

L'insouciant Robin envoyait aux échos des refrains de ballades d'amour ; Allan Clare, triste et silencieux, déplorait les résultats de sa visite au château de Nottingham, et le moine faisait des réflexions très peu comiques sur l'indifférence de Maude à son égard et sur la gracieuseté de ses attentions pour le jeune forestier.

— Par le saint *Miserere* ! murmurait sourdement le moine, il me semble pourtant que je suis un bel homme, bien campé sur ses hanches et pas mal de figure, on me l'a dit maintes et maintes fois ; pourquoi donc Maude a-t-elle changé d'avis ? Ah ! sur mon âme ! si la petite coquette m'oublie pour ce pâle et mièvre garçon, cela prouve son mauvais goût, et je ne veux pas perdre mon temps à lutter contre un si mince rival ; qu'elle l'aime donc tout à son aise, si elle l'aime, je m'en moque !

Et le pauvre moine soupirait.

— Bah! reprit-il tout à coup, la face éclairée par un sourire d'orgueil, ce n'est pas possible! Maude ne peut aimer cet avorton qui ne sait que roucouler des ballades; elle a voulu exciter ma jalousie, éprouver ma confiance en elle et me rendre plus amoureux que je ne le suis. Ah! les femmes! les femmes! Elles ont plus de malice dans un seul de leurs cheveux que nous autres hommes dans tous les poils de notre barbe.

Nos lecteurs nous blâmeront peut-être de prêter un tel langage à ce monastique personnage, et de lui faire jouer le rôle d'un homme à bonnes fortunes et d'un ami des joies mondaines. Mais qu'ils se reportent par la pensée aux temps où se passe notre histoire, et ils comprendront que nous n'avons nullement l'intention de calomnier les ordres religieux.

— Eh bien! mon jovial Gilles, comme dit Maude la jolie, s'écria Robin, à quoi pensez-vous donc? Vous paraissez aussi mélancolique qu'une oraison funèbre.

— Les favoris de... de la fortune ont le droit d'être gais, maître Robin, répondit le moine; mais ceux qui sont victimes de ses caprices ont aussi le droit d'être tristes.

— Si vous appelez «faveurs de la fortune» les bons regards, les brillants sourires, les douces paroles et les tendres baisers d'une jolie fille, répondit Robin, je puis me vanter d'être très riche ; mais vous, frère Tuck, qui avez fait vœu de pauvreté, à quel propos, dites-moi, vous prétendez-vous malmené par la capricieuse déesse ?

— Tu feins de l'ignorer, mon garçon ?

— Je l'ignore de bonne foi. Mais j'y pense, est-ce que Maude entrerait pour quelque chose dans votre tristesse ? Oh ! non, c'est impossible ! vous êtes son père spirituel, son confesseur, et rien de plus... n'est-ce pas ?

— Montre-nous le chemin de ta maison, répliqua le moine d'un ton bourru, et cesse de me parler sans rime ni raison, comme un véritable étourneau que tu es.

— Ne nous fâchons pas, mon bon Tuck, dit Robin d'un air peiné. Si je vous ai offensé, c'est sans le vouloir, et si Maude en est la cause, c'est encore contre ma volonté, car je vous le jure sur l'honneur, je n'aime pas Maude, et avant de voir Maude aujourd'hui pour la première fois, j'avais déjà donné mon cœur à une jeune fille...

Le moine se retourna vers le jeune forestier, lui pressa affectueusement la main, et dit en souriant :

— Tu ne m'as pas offensé, cher Robin, je deviens triste comme cela tout à coup et sans raison. Maude n'a d'influence ni sur mon caractère ni sur mon cœur ; c'est une rieuse et charmante enfant que Maude ; épouse-la quand tu seras en âge de te marier, et tu seras heureux... Mais es-tu bien sûr que ton cœur ne t'appartient plus ?

— Sûr, très sûr... je l'ai donné pour toujours.

Le moine sourit de nouveau.

— Si je ne vous conduis pas chez mon père par le chemin le plus court, reprit Robin après un instant de mutuel silence, c'est afin d'éviter les soldats que le baron n'aura pas manqué de lancer à notre poursuite dès qu'il se sera aperçu de notre évasion.

— Tu penses comme un sage et tu agis comme un renard, maître Robin, dit le moine ; ou je ne connais plus ce vieux fanfaron de Palestine, ou avant une heure il sera sur nos talons avec une troupe de stupides arbalétriers.

Nos trois compagnons, déjà harassés de fatigue, allaient traverser un vaste carrefour quand, aux rayons de la lune, ils aperçurent un cavalier descendant à fond de train la pente rapide d'un sentier.

— Cachez-vous derrière ces arbres, mes amis, dit vivement Robin ; je vais faire connaissance avec ce voyageur.

Armé du bâton de Tuck, Robin se posta de manière à attirer les regards de l'étranger ; mais celui-ci ne l'aperçut pas et continua sa route sans ralentir le galop de son cheval.

— Arrêtez ! arrêtez ! vociféra Robin, quand il vit que le cavalier n'était qu'un enfant.

— Arrête ! répéta le moine d'une voix de stentor.

Le cavalier fit volte-face et s'écria :

— Oh ! ah ! si mes yeux ne sont pas des noisettes, voici le père Tuck. Bonsoir, père Tuck.

— Tu parles d'or, mon enfant, répondit le moine. Bonsoir, et dis-nous qui tu es.

— Comment, mon père, Votre Révérence ne se souvient plus d'Halbert, le frère de lait de Maude, la fille d'Hubert Lindsay, le concierge du château de Nottingham !

— Ah ! c'est toi, maître Hal ; je te reconnais maintenant. Et pour quel motif, s'il te plaît, galopes-tu ainsi dans la forêt passé minuit ?

— Je puis vous le dire, car vous m'aiderez à remplir mon message : c'est pour remettre à messire Allan Clare un billet écrit par la main mignonne de lady Christabel Fitz-Alwine.

— Et pour me donner cet arc et ces flèches que j'aperçois sur votre dos, mon garçon, ajouta Robin.

— Le billet, où est-il ? demanda vivement Allan.

— Ah ! ah ! reprit le jeune garçon en riant, je n'ai plus besoin de demander son nom à chacun de ces gentlemen. Maude, afin d'établir une distinction entre eux, m'avait dit : « Sir Allan est le plus grand, et sir Robin le plus jeune ; sir Allan est beau ; mais sir Robin l'est encore plus. » Je vois que Maude ne se trompait

221

pas ; je le vois, quoique je sois mauvais juge de la beauté des hommes ; ah ! de celle des femmes, je ne dis pas non, je m'y connais, et Grâce May le sait.

— La lettre, bavard, donne-moi la lettre ! s'écria Allan.

Halbert jeta sur le jeune homme un long regard étonné et dit tranquillement :

— Tenez, sir Robin, voici votre arc, voici vos flèches ; ma sœur vous prie...

— Morbleu ! garçon, s'écria de nouveau Allan, donne-moi la lettre, sinon je te l'arrache de force !

— Comme il vous plaira, messire, répondit paisiblement Halbert.

— Je m'emporte malgré moi, mon enfant, reprit Allan avec douceur ; mais cette lettre est si importante...

— Je n'en doute pas, messire, car Maude m'a vivement recommandé de ne la remettre qu'à vous-même en personne, si je vous rencontrais avant de gagner la maison de Gilbert Head.

Tout en parlant, Halbert fouillait dans ses poches et les retournait sens dessus dessous ; puis, après cinq minutes de recherches simulées, le malicieux drôle s'écria d'un ton piteux et chagrin :

— J'ai perdu la lettre, mon Dieu ! je l'ai perdue !

Allan, désespéré, furieux, se précipita vers Hal, le désarçonna et le jeta par terre. Heureusement l'enfant se releva sans blessure.

— Cherchez dans votre ceinture, lui cria Robin.

— Ah! oui, j'oubliais ma ceinture, reprit le jeune garçon moitié riant, moitié reprochant du regard au chevalier son inutile brutalité.

— Hourra! hourra! pour ma bien-aimée Grâce May! Voici le billet de lady Christabel.

Hal tenait le papier au bout de ses doigts et levait le bras en l'air en criant: «Hourra!» de sorte que messire Allan fut obligé de faire un pas vers lui pour se saisir de cette précieuse missive.

— Et le message qui m'est destiné, l'avez-vous perdu, maître? demanda Robin.

— Je l'ai là sur ma langue.

— Débarrassez-en votre langue, j'écoute.

— Le voici mot pour mot: «Mon cher Hal», c'est Maude qui parle, «tu diras à messire Robin Hood que l'on s'empressera de lui faire savoir à quel moment il pourra venir au château sans courir de danger, car il y a ici une personne qui attend impatiemment son retour.» Voilà.

— Et qu'a-t-elle dit pour moi? demanda le moine.

— Rien, mon révérend père.

— Pas un mot?

— Pas un.

— Merci.

Et frère Tuck lança sur Robin un regard furieux.

Allan, sans perdre une minute, avait brisé le cachet de la lettre et lisait ceci aux clartés de la lune :

« *Très cher Allan,*

« *Quand vous m'avez suppliée si tendrement, si éloquemment de quitter la maison paternelle, j'ai fermé l'oreille, j'ai repoussé vos sollicitations ; car alors je croyais ma présence nécessaire au bonheur de mon père, et il me semblait qu'il ne pourrait vivre sans moi.*

« *Mais je m'étais cruellement trompée.*

« *Je me suis sentie comme foudroyée quand, après votre départ, il m'a annoncé qu'à la fin de la semaine je serais la femme d'un autre que mon cher Allan.*

« *Mes larmes, mes prières ont été inutiles. Sir Tristan de Goldsborough viendra dans quatre jours.*

« *Eh bien ! puisque mon père veut se séparer de moi, puisque ma présence lui est à charge, je l'abandonne.*

« *Cher Allan, je vous ai donné mon cœur, je vous offre ma main. Maude, qui va tout préparer pour ma fuite, vous dira comment vous devez agir.*

« *Je suis à vous.*

« *Christabel* »

« *P.-S. — Le jeune garçon chargé de ce billet doit vous ménager une rencontre avec Maude.* »

– Robin, dit aussitôt Allan, je retourne à Nottingham.

— Y pensez-vous?

— Christabel m'attend.

— C'est différent.

— Le baron Fitz-Alwine veut la marier à un vieux coquin de ses amis; elle ne peut éviter ce mariage qu'en fuyant, et elle m'attend pour fuir... Serais-tu disposé à m'aider dans cette entreprise?

— De grand cœur, messire.

— Eh bien, viens me rejoindre demain matin. Tu trouveras Maude ou l'un de ses envoyés, ce jeune garçon peut-être, à l'entrée de la ville.

— Je pense, messire, qu'il sera plus sage de vous rendre d'abord auprès de votre sœur, que votre longue absence doit inquiéter beaucoup, et nous repartirons ensemble au point du jour, en compagnie de quelques vigoureux gaillards dont je vous garantis le courage et le dévoue-ment; mais, chut! j'entends le bruit d'une cavalcade.

Et Robin colla son oreille sur la terre.

— Cette cavalcade vient du côté du château... ce sont les soldats du baron qui nous cherchent. Messire, et vous, frère Tuck, cachez-vous dans les broussailles. Et vous, Hal, vous nous prouverez que vous êtes le digne frère de Maude.

— Et le digne amoureux de Grâce May, ajouta l'enfant.

— Oui, mon garçon ; sautez sur votre cheval, oubliez que vous venez de nous rencontrer, et tâchez de faire comprendre aux cavaliers que le baron leur ordonne de retourner sur-le-champ au château ; comprenez-vous ?

— Je comprends, soyez tranquille, et que Grâce May me prive à jamais de ses caressants regards si je n'exécute pas adroitement vos ordres !

Halbert donna un coup d'éperon à son cheval ; mais il n'alla pas loin, la cavalcade lui barrait déjà le passage.

— Qui vive ? demanda le chef d'une escouade d'hommes d'armes.

— Halbert, novice écuyer au château de Nottingham.

— Que cherches-tu dans la forêt à une heure où quiconque n'est pas de service doit dormir en paix ?

— C'est vous que je cherche ; monseigneur le baron m'a expédié vers vous pour vous dire de rentrer en toute hâte ; il s'impatiente, il vous attend depuis une heure.

— Monseigneur était-il de mauvaise humeur quand tu l'as quitté ?

— Certainement, la mission que vous aviez à remplir n'exigeait pas une si longue absence.

— Nous avons poussé jusqu'au village de Mansfeldwoohaus sans rencontrer de fuyards ; mais en revenant, nous avons eu la chance de mettre le grappin sur l'un d'eux.

— Vraiment ? Et lequel avez-vous pris ?

— Un certain Robin Hood ; il est là, bien garrotté, sur un cheval au milieu de mes hommes.

Robin, caché derrière un arbre à quelques pas de là, avança doucement la tête pour essayer d'apercevoir l'individu qui usurpait son nom, mais il ne put y parvenir.

— Permettez-moi de voir ce prisonnier, dit Halbert en s'approchant du groupe des soldats ; je connais Robin Hood de vue.

— Amenez le prisonnier, commanda le chef.

Le vrai Robin entrevit alors un jeune homme vêtu comme lui du costume des forestiers ; il avait les pieds attachés par-dessous le ventre du cheval et les mains liées derrière le dos ; un rayon de lune éclaira son visage, et Robin reconnut le plus jeune des fils de sir Guy de Gamwell, le joyeux William, ou plutôt Will l'Écarlate.

— Mais ce n'est pas Robin Hood ! s'écria Halbert en riant aux éclats.

— Qui est-ce donc alors ? demanda le chef désappointé.

— Comment savez-vous que je ne suis pas Robin Hood ? Vos yeux vous trompent, mon jeune ami, dit l'Écarlate ; je suis Robin Hood, entendez-vous ?

— Soit ; il y a alors deux archers du même nom dans la forêt de Sherwood, répliqua Halbert. Où l'avez-vous rencontré, sergent ?

— À quelques pas d'une maison habitée par un nommé Gilbert Head.

— Était-il seul ?

— Seul.

— Il devait être accompagné de deux personnes, car le Robin qui s'est échappé du château a pris la fuite avec deux autres prisonniers ; d'ailleurs, il n'avait ni armes ni monture, il fuyait à pied, et il lui aurait été impossible d'aller à une telle distance en si peu de temps, à moins d'être monté sur un bon trotteur comme les nôtres.

— Aie l'obligeance, jeune aspirant écuyer, dit le sergent, de m'expliquer comment tu sais que les fugitifs étaient au nombre de trois ? Et derechef je te somme de me dire pourquoi tu vagabondes au milieu de la nuit en pleine forêt ? Tu me diras aussi depuis quand tu connais Robin Hood.

— Sergent, vous me paraissez vouloir troquer votre jaquette de soldat contre une robe de confesseur.

— Pas de plaisanterie, petit drôle ; réponds catégoriquement à mes questions.

— Je ne plaisante pas, sergent, et, pour preuve, je répondrai à vos questions caté... quoi ? ... oui ! catégoriquement. Je commence par votre dernière question ; cela vous convient-il, sergent ?

— Au fait ! cria le sergent impatienté, sinon les menottes.

— Au fait, soit. Je connais Robin Hood, parce qu'aujourd'hui même je l'ai vu entrer au château.

— Après ?

— Je parcours la forêt, *primo*, d'après un ordre du baron Fitz-Alwine, notre seigneur à tous ; vous le connaissez déjà, cet ordre ; *secundo*, d'après un ordre aussi de sa fille adorée, lady Christabel. Êtes-vous satisfait, sergent ?

— Après ?

— Je sais qu'il y a trois prisonniers évadés parce que maître Hubert Lindsay, garde porte-clefs du château et père de ma sœur de lait la jolie Maude, m'en a prévenu ; êtes-vous satisfait, sergent ?

Le sergent enrageait du sang-froid moqueur de ces réponses, et, ne sachant plus que dire, il s'écria :

— Quel ordre as-tu reçu de lady Christabel ?

— Ah ! ah ! ah ! répliqua l'enfant avec un gros rire, le sergent qui s'avise de pénétrer les secrets de milady... ah ! ah ! ah ! vraiment c'est à n'y pas croire. Mais ne vous gênez pas, sergent ; ordonnez-moi de retourner au château à franc étrier, je ferai part de votre désir à milady, et bien certainement milady me renverra au-devant de vous, toujours à franc étrier, pour soumettre à votre appréciation les ordres qu'elle m'a donnés. Holà ! beau capitaine, vous pataugez, vous vous embourbez, et je vous félicite pour la capture de Robin Hood ; le baron Fitz-Alwine vous gratifiera largement, je n'en doute pas, quand il verra cet exemplaire de Robin Hood que vous lui apportez comme étant l'original.

— Mais, bavard, cria le sergent en fureur, je t'étranglerais si j'en avais le temps !... En route, mes fils !

— En route ! cria aussi le prisonnier, et hourra pour Nottingham !

La cavalcade tournait bride quand Robin s'élança à la tête du cheval du sergent et dit d'une voix forte :

— Halte ! c'est moi qui suis Robin Hood.

Avant de prendre ce parti, le courageux garçon avait murmuré ces mots à l'oreille d'Allan :

— Si vous tenez à la vie et à Christabel, messire, ne bougez pas plus que ces troncs d'arbres, et donnez-moi liberté de manœuvre. Et Allan avait laissé parler Robin sans comprendre son intention.

— Tu me trahis, Robin! s'écria inconsidérément Will l'Écarlate.

À ces mots le chef de l'escouade allongea le bras et saisit Robin au collet de son pourpoint en demandant à Hal:

— Est-ce là le vrai Robin?

Halbert, trop rusé pour répondre catégoriquement, comme disait le sergent, éluda la question, et dit:

— Depuis quand me trouvez-vous assez pénétrant, maître, pour recourir à mes lumières? Suis-je donc chien de chasse pour dépister le gibier à votre profit? Lynx pour voir ce que vous ne voyez pas? Sorcier pour deviner ce que vous ignorez? Vous n'avez pourtant pas l'habitude de me demander à chaque instant: Hal, qu'est-ce que ceci? Hal, qu'est-ce que cela?

— Ne fais pas l'imbécile, et dis-moi lequel de ces deux vauriens est Robin Hood, sinon, je te le réitère, les menottes!

— Ce nouveau venu peut bien vous répondre lui-même; interrogez-le.

— Je vous ai déjà dit que j'étais Robin Hood, le vrai Robin Hood! s'écria le pupille de Gilbert. Le jeune homme que vous tenez garrotté à cheval est un de mes bons amis, mais ce n'est qu'un Robin Hood de contrebande.

— Alors les rôles vont changer, reprit le sergent, et pour commencer tu vas prendre la place de ce gentleman au poil rouge.

Will, dégagé de ses liens, s'élança vers Robin : les deux amis s'embrassèrent avec effusion ; puis Will disparut après avoir énergiquement serré la main de Robin en lui disant à voix basse :

— Compte sur moi.

Ces mots étaient sans nul doute une réponse aux paroles que Robin venait de lui glisser dans l'oreille pendant leurs embrassades.

Les soldats attachèrent Robin sur le cheval, et la cavalcade se dirigea vers le château.

Voici les causes de l'arrestation de William. En sortant de chez Gilbert Head, l'Écarlate avait laissé son cousin Petit-Jean retourner seul au hall de Gamwell, et s'était dirigé du côté de Nottingham dans l'espoir de rencontrer Robin. Après une marche d'une heure, il avait entendu des piétinements de chevaux, et, dans l'intime conviction que c'étaient Robin et ses compagnons qui s'approchaient, Will avait entonné de toute la force de ses poumons et de sa voix la plus abominablement fausse cette ballade de Gilbert qui se termine ainsi :

Viens avec moi, mon amour, mon cher Robin Hood.

Et les soldats du baron, trompés par cette invocation à Robin Hood, l'avaient entouré et garrotté en criant : « Victoire ! »

Will, comprenant alors qu'un danger menaçait son ami, ne s'était pas fait connaître. On sait le reste.

La cavalcade partie avec Robin, Allan et le moine sortirent de leur cachette, et Will, surgissant du milieu d'un buisson, leur apparut comme un fantôme.

— Que t'a dit Robin ? lui demanda Allan.

— Le voici mot pour mot, répondit Will. « Mes deux compagnons, un chevalier et un moine, sont cachés ici près. Dis-leur de venir me trouver demain matin au lever du soleil dans la vallée de Robin Hood, qu'ils connaissent déjà ; toi et tes frères vous les accompagnerez, car j'aurai besoin de bras vigoureux et de cœurs vaillants pour aider au succès de mon entreprise ; nous aurons des femmes à protéger. » Voilà tout. En conséquence, messire cavalier, ajouta Will, je vous conseillerais de venir de suite au hall de Gamwell ; il y a moins loin d'ici le hall que d'ici la maison de Gilbert Head.

— Je désire embrasser ma sœur ce soir, et elle est chez Gilbert.

— Pardon, messire ; la dame arrivée hier chez Gilbert en compagnie d'un gentilhomme est maintenant au hall de Gamwell.

— Au hall de Gamwell! mais c'est impossible!

— Pardonnez-moi, messire; miss Marianne est chez mon père, et je vous raconterai en marchant comment elle y est venue.

— Robin ne t'a-t-il pas dit que demain nous aurions des femmes à protéger? demanda le moine.

— Oui, mon père.

— L'heureux coquin! grommela le moine: il enlève Maude. Oh! les femmes! les femmes! oui, elles ont plus de malice dans un seul de leurs cheveux que les hommes dans tous les poils de leur barbe.

XII

Le baron écoutait négligemment la lecture des comptes d'un homme d'affaires quand Robin, flanqué de deux soldats et précédé du sergent Lambic, dont nous avions oublié le nom, fut introduit dans sa chambre.

Aussitôt l'impétueux baron imposa silence à son lecteur et s'avança vers la petite troupe en lançant des regards qui ne présageaient rien de bon.

Le sergent leva les yeux sur son seigneur, dont les lèvres frémissantes s'entrouvraient, et il crut faire acte de politesse en lui laissant la parole; mais le vieux Fitz-Alwine n'était pas homme à attendre patiemment qu'il plût au sergent de lui adresser son rapport, aussi lui appliqua-t-il un vigoureux soufflet comme pour lui dire : « J'écoute. »

— J'attendais... balbutia le pauvre Lambic.

— Moi aussi, j'attendais. Et lequel de nous deux doit attendre, s'il te plaît ? Ne vois-tu pas, imbécile que tu es, que j'ouvre l'oreille depuis une heure ? ... Mais d'abord sache, mon cher monsieur, que l'on a déjà raconté tes exploits, et que cependant je veux te faire la grâce d'en entendre une seconde fois le récit de ta propre bouche.

— Est-ce qu'Halbert vous a dit, monsieur… ?

— Tu m'interroges, je crois ? parbleu ! voilà du nouveau ! Monsieur m'interroge ! Ah ! ah !

Lambic raconta en tremblant l'arrestation du vrai Robin.

— Tu oublies une petite circonstance, monsieur ; tu ne me dis pas que tu as relâché, après l'avoir capturé, le coquin à l'arrestation duquel je tenais essentiellement. Cela était fort spirituel de ta part, monsieur.

— Vous êtes dans l'erreur, milord.

— Je ne commets jamais d'erreurs, monsieur. Oui, tu as capturé un jeune homme qui s'est dit Robin Hood, et tu l'as laissé libre quand ce jeune homme de Sherwood a paru.

— C'est la vérité, milord, répondit Lambic qui avait omis par prudence cet épisode de son expédition dans la forêt.

— Oh ! c'est le plus sage, le plus ardent, le plus pénétrant, le plus rusé des troupiers que maître Lambic, sergent d'une compagnie de mes hommes d'armes, s'écria le baron avec dédain ; puis il ajouta : Tu ne t'es donc pas souvenu des traits de ceux que tu avais mis au cachot quelques heures auparavant ? Roi des idiots, chauve-souris, escargot invalide !

— Je n'avais vu ni l'un ni l'autre des prisonniers, milord.

— Vraiment! Tu avais alors un emplâtre sur
les yeux? Avance ici, Robin! cria le baron d'une
voix de tonnerre et en se laissant tomber sur le
fauteuil.

Les soldats poussèrent Robin devant le baron.

— Très bien, jeune bouledogue! Abois-tu
toujours aussi fort? Je vais te dire ce que j'ai
déjà dit tantôt; tu répondras franchement à
mes questions, sinon j'ordonnerai à mes gens
de t'assommer, entends-tu?

— Interrogez-moi, répliqua froidement
Robin.

— Ah! tu t'amendes, tu ne refuses plus de
parler; bravo!

— Interrogez-moi, vous dis-je, milord.

L'œil du baron, qui s'était adouci, flamboya
de nouveau et s'attarda sur Robin; mais Robin
sourit.

— Comment t'es-tu sauvé, jeune loup?

— En sortant de mon cachot.

— J'aurais pu deviner cela sans beaucoup de
peine; qui t'a aidé à fuir?

— Moi-même.

— Et qui encore?

— Personne.

— Mensonge! Je sais le contraire; je sais que
tu n'as pu passer par le trou de la serrure et que
l'on t'a ouvert la porte.

— On ne m'a pas ouvert la porte, et, si je n'ai pas été assez fluet pour passer par le trou de la serrure, du moins l'embonpoint ne m'a-t-il pas empêché de me glisser entre les barreaux de la lucarne du cachot; de là j'ai sauté sur le rempart, où j'ai trouvé une porte ouverte, et, cette porte franchie, j'ai parcouru des escaliers, des galeries, des préaux, puis je suis arrivé au pont-levis... et j'étais libre, milord.

— Et ton compagnon, comment s'est-il sauvé?

— Je l'ignore.

— Il faut cependant que tu me le dises.

— Impossible. Nous n'étions pas ensemble; nous nous sommes rencontrés.

— Dans quel endroit du château vous êtes-vous rencontrés si à propos?

— Je ne connais pas l'intérieur du château et ne puis désigner cet endroit.

— Et ce coquin, où était-il quand le sergent Lambic t'a arrêté?

— Je l'ignore. Nous nous étions séparés depuis quelques instants; je retournais seul chez mon père.

— Est-ce lui qu'on avait arrêté avant toi?

— Non.

— Mais où est-il? Qu'est-il devenu?

— De qui parlez-vous, milord?

— Tu le sais bien, jeune fourbe; je parle d'Allan Clare, ton complice, ton ami.

— J'ai vu Allan Clare avant-hier pour la première fois.

— Quelle corruption, grand Dieu! Ils osent nous mentir en face, les vilains d'aujourd'hui! Plus de bonne foi, plus de respect depuis que les enfants apprennent à déchiffrer des grimoires et à barbouiller du papier! Ma fille elle-même subit l'influence du vice; elle correspond par ces infernales lettres avec le misérable Allan Clare. Eh bien! puisque tu ignores où il se cache, ce misérable, aide-moi à deviner où je pourrai le trouver, je te promets la liberté pour récompense.

— Milord, je n'ai pas l'habitude de passer mon temps à deviner des énigmes.

— Eh bien! je vais t'obliger à consacrer plusieurs heures par jour à cet utile exercice. Holà! Lambic, remets ce bouledogue à la chaîne, et s'il s'évade encore, que Dieu te préserve de la potence!

— Oh! il ne m'échappera pas, répondit le sergent en hasardant un maigre sourire.

— Allons, file, et gare à la corde!

Le sergent conduisit Robin de passages en passage, d'escalier en escalier, jusqu'à une petite porte ouvrant sur un corridor étroit; là il prit des mains d'un domestique, venu en éclaireur, une torche allumée, et fit entrer Robin dans un réduit dont tout le mobilier consistait en une botte de paille.

Notre jeune forestier jeta les yeux autour de lui ; rien de plus hideux que ce cachot ; pas d'issue autre que la porte, faite d'épais madriers bardés de fer ; comment sortir de là ? Il cherchait dans sa pensée un moyen, un expédient pour rendre inutiles les minutieuses précautions de son geôlier et n'en trouvait aucun, lorsque tout à coup il vit briller dans l'obscurité du couloir, derrière les soldats, le regard clair et limpide d'Halbert. Cette vision lui rendit l'espérance, et il ne douta plus de sa délivrance prochaine en pensant que des cœurs dévoués compatissaient à sa misère.

— Voilà ta chambre à coucher, dit Lambic ; entre, messire, et nargue le chagrin ! Nous devons tous mourir un jour, tu ne l'ignores pas ; que ce soit aujourd'hui, demain ou plus tard, qu'importe ! Qu'importe aussi le genre de mort : mourir d'une façon ou d'une autre, c'est toujours mourir.

— Vous avez raison, sergent, répondit Robin avec calme, et je comprends qu'il vous serait indifférent de mourir comme vous avez vécu... c'est-à-dire comme un chien.

En disant cela, Robin examinait du coin de l'œil la porte encore ouverte, et relevait la position des soldats au-dehors. Le domestique qui avait cédé sa torche à Lambic était parti, le jeune Hal également ; brisés de fatigue, les soldats, au nombre de quatre, se tenaient nonchalamment appuyés contre les murailles, et ne prêtaient guère d'attention à la causerie de leur chef avec le prisonnier.

Habile à concevoir et prompt à exécuter, le jeune loup de Sherwood profita de l'inattention des hommes d'armes et de la faiblesse relative de Lambic, dont les mouvements étaient gênés par la torche qu'il tenait de la main droite, et, bondissant comme un chat sauvage, il poussa la torche sur le visage de Lambic, l'y éteignit du coup, et s'élança hors du cachot.

Malgré l'obscurité, malgré les atroces douleurs que lui causaient les brûlures de son visage, Lambic, suivi de ses hommes, appuya une vigoureuse chasse au fugitif; mais jamais lièvre au déboulé n'était parti si prestement, jamais aussi renard ayant meute sur ses pistes ne fit plus de crochets, et vainement les limiers du baron hurlèrent en fouillant dans les coins et recoins des immenses galeries. Robin leur échappa.

Déjà depuis quelques instants le jeune homme ne marchait plus qu'à petits pas, sans savoir où il se trouvait, et les bras tendus en avant pour se garer des obstacles, quand il se heurta contre un être humain qui ne put retenir un cri de frayeur.

— Qui êtes-vous? demanda-t-on d'une voix presque tremblante.

« C'est la voix d'Halbert », pensa Robin.

— C'est moi, mon cher Hal, répondit le jeune forestier.

— Qui, vous ?

— Moi, Robin Hood ; je viens de m'échapper, ils me poursuivent, cachez-moi quelque part.

— Suivez-moi, messire, dit le brave enfant ; donnez-moi la main, marchez tout près de moi, et surtout pas un mot.

Après mille tours et détours dans l'obscurité, et remorquant le fugitif par la main, Halbert s'arrêta et frappa légèrement à une porte dont les fentes mal jointes laissaient filtrer quelques rayons de lumière ; une voix douce s'enquit du nom du visiteur nocturne.

— Ton frère Hal.

La porte s'ouvrit aussitôt.

— Quelles nouvelles as-tu, cher frère ? demanda Maude en pressant les mains du jeune garçon.

— J'ai mieux que des nouvelles, chère Maude ; tourne la tête et regarde.

— Juste ciel ! c'est lui ! s'écria Maude en sautant au cou de Robin.

Surpris et peiné d'un accueil qui révélait une passion qu'il était loin de partager, Robin voulut raconter les faits de son retour au château, de sa nouvelle évasion, mais Maude ne le laissa pas parler.

— Sauvé! sauvé! sauvé! balbutiait-elle follement avec des larmes, des rires, des sanglots et
des baisers, sauvé! sauvé!

— Quelle étrange fille tu es, Maude, disait
l'innocent novice écuyer; je croyais te faire
plaisir en t'amenant ici messire Robin Hood, et
voilà que tu pleures comme une Madeleine.

— Hal a raison, ajouta Robin, vous gâtez vos
beaux yeux, chère Maude; redevenez donc
joyeuse autant que vous l'étiez cet après-midi.

— C'est impossible, répondit la jeune fille
avec un profond soupir.

— Je ne veux pas le croire, répliqua Robin
penché sur la tête de Maude et posant ses
lèvres sur les bandeaux de ses cheveux noirs
qui encadraient son front.

Maude se ressentit sans doute de la froideur
que le jeune forestier mettait dans ces simples
mots: «Je ne veux pas le croire»; car elle pâlit
et sanglota amèrement.

— Chère Maude, ne pleurez plus, me voilà!
répétait sans cesse Robin; dites-moi la cause de
votre chagrin.

— Ne me demandez pas cela aujourd'hui;
plus tard vous saurez tout... Lady Christabel et
moi nous pensions à vous rendre libre... Oh!
quelle joie quand elle saura que vous l'êtes
déjà! Messire Allan Clare a reçu sa lettre;
quelle réponse lui apportez-vous?

— Messire Allan n'a pas eu la possibilité ni d'écrire ni de conférer avec moi ; mais je connais ses intentions, et je veux, avec l'aide de Dieu et votre concours, chère Maude, enlever du château lady Christabel et la conduire près de son fiancé.

— Je cours prévenir milady, dit vivement Maude ; mon absence ne sera pas de longue durée. Attendez ici mon retour ; viens avec moi, Hal.

Robin, demeuré seul, s'assit au bord du lit de la jeune fille, et rêva. Nous avons déjà dit que, malgré sa jeunesse, Robin parlait et agissait comme un homme. Cette précoce raison, il la devait aux soins de Gilbert pour son éducation. Gilbert lui avait appris à penser seul, à agir seul, et à bien agir ; mais il ne lui avait pas révélé que des sympathies autres que celles de l'amitié peuvent naître fortuitement et se développer irrésistibles entre deux êtres d'un sexe différent. La conduite de Maude, depuis le furtif baiser qu'il avait déposé sur sa main en sortant de la chapelle, l'étonnait donc beaucoup. Mais à force d'y rêver, et comme par intuition, il crut deviner ce que c'était que l'amour ; il comprit aussi que c'était de l'amour que Maude ressentait pour lui, et il s'en affligea, car il ne ressentait rien pour elle, sinon qu'il la trouvait jolie, gracieuse, aimable et pleine de dévouement.

Cependant, tout en s'affligeant de son indifférence involontaire pour Maude, il en vint à se reprocher cette même indifférence et à se demander s'il ne devait pas, sous peine de manquer de probité, s'efforcer de rendre à Maude amour pour amour. Le naïf adolescent allait donc donner son cœur qu'il croyait encore libre, quand soudain l'image chérie de Marianne passa devant ses yeux.

— Ô Marianne! Marianne! s'écria-t-il avec enthousiasme.

La cause de Maude était à jamais perdue.

Bientôt succédèrent à cet enthousiasme le doute et la tristesse. Marianne, de même que Christabel, appartenait à une noble famille, et Marianne ferait fi de l'amour d'un obscur forestier. Marianne aimait déjà peut-être quelque beau cavalier de la cour. Certes Marianne lui avait déjà donné de bien tendres regards, mais qui prouvait au jeune homme que ces regards si tendres n'étaient pas uniquement inspirés par la reconnaissance?

À mesure que Robin s'adressait ces questions, et beaucoup d'autres encore auxquelles il répondait à son désavantage, la cause de Maude s'améliorait.

Maude, jolie, aussi jolie que Marianne et Christabel, n'était pas noble, Maude n'avait pas pour adorateurs des gentilshommes, et un humble forestier pourrait lutter contre ses adorateurs ; Maude donnait de tendres regards à Robin, et ces regards n'étaient point provoqués par la reconnaissance ; au contraire, c'était Robin qui devait de la reconnaissance à Maude.

Robin éprouvait d'étranges sensations pendant ces rêveries et s'y abandonnait avec des alternatives de bonheur et d'angoisse, quand un bruit de pas lourds et très différents de ceux de la légère Maude retentit dans le couloir ; ce bruit s'approchait de la chambre, et Robin éteignit la lumière au premier coup vigoureusement frappé sur la porte.

— Holà ! Maude, dit le visiteur au-dehors, pourquoi éteins-tu la lumière ?

Robin n'eut garde de répondre et se blottit entre le lit et la muraille.

— Maude, ouvre-moi !

Impatienté de ne pas recevoir de réponse, le visiteur ouvrit la porte et entra. Sans l'obscurité, Robin aurait pu voir un homme d'une haute stature et d'une corpulence proportionnée.

— Maude, Maude, parleras-tu ? Je suis certain que tu es ici, j'ai vu briller ta lampe par les fentes de la porte.

Et l'homme à grosse voix bourrue cherchait en tâtonnant par toute la chambre.

Robin, pour plus de sûreté, se glissa sous le lit.

— Les stupides meubles ! dit l'homme qui se heurta le front contre une armoire et s'embarrassa les jambes dans une chaise. Ma foi! pour plus de sûreté je m'assieds par terre.

Un long silence se fit; Robin ne respirait qu'à rares intervalles et le plus doucement possible.

— Mais où peut-elle être? reprit l'étranger en allongeant le bras et en promenant sa main sur le lit. Elle n'est pas couchée; sur mon âme, je commence à croire que Gaspard Steinkoff m'a dit la vérité, une vérité qui lui a valu un bon coup de poing, à Gaspard! Il m'a dit: «Ta fille, maître Hubert Lindsay, embrasse les personnes aussi librement que je bois un verre d'ale.» Ô le coquin de Gaspard! Oser me dire à moi qu'un enfant qui m'appartient à moi, et dont je suis le père, moi, embrasse des prisonniers!... Ô le coquin!... Cependant je trouve très bizarre qu'à une heure aussi avancée Maude ne soit pas dans sa chambre. Elle ne peut être auprès de lady Christabel; où est-elle alors? Mon Dieu! j'ai l'enfer dans la tête. Où est-elle, ma petite Maude, où est-elle? Par la sainte mère de Dieu! si Maude commet une faute, je... bah! je suis un aussi misérable coquin que Gaspard Steinkoff... j'insulte mon sang, ma vie, mon cœur, mon enfant, ma Maude chérie. Ah! vieille tête folle que je suis! J'oubliais qu'Halbert est sorti du château pour aller chercher un médecin, car milady est malade, et Maude est auprès de milady. Oh! que je suis donc content, bien content de m'être souvenu

247

de cela. Je mériterais d'être roué pour avoir eu de mauvaises pensées sur ma chère fille.

Robin, immobile sous le lit, avait eu lui aussi de mauvaises pensées, et de plus un certain tressaillement de jalousie avant de reconnaître dans le visiteur nocturne le gardien porte-clefs du château, l'honnête père de Maude, Hubert Lindsay.

Des pas légers et précipités, le frôlement d'une robe, le rayonnement d'une lampe interrompirent le monologue d'Hubert, qui se remit sur ses pieds.

Maude, à la vue de son père, ne put retenir un cri d'effroi, et lui dit avec anxiété :

— Pourquoi êtes-vous ici, mon père ?

— Pour causer avec toi, Maude.

— Nous causerons demain, père ; il est fort tard, je suis fatiguée et j'ai besoin de dormir.

— Je n'ai que quelques mots à dire.

— Je ne veux rien entendre, cher père ; je vous embrasse et je deviens sourde, bonsoir.

— Je n'ai qu'une question à te poser, tu y répondras, et je partirai.

— Je suis sourde, vous dis-je, et je vais devenir muette. Bonsoir, bonsoir, bonsoir, ajouta Maude, en approchant son front des lèvres du vieillard.

— Pas de bonsoir encore, fille, dit Hubert d'un air grave ; je veux savoir d'où tu viens et pour quelles raisons tu n'es pas encore couchée.

— Je viens de l'appartement de milady qui est très souffrante.

— Fort bien. Autre question : pourquoi es-tu si prodigue de tes baisers en faveur de certains prisonniers ? Pourquoi embrasses-tu un étranger comme s'il était ton frère ? C'est mal agir, Maude.

— J'ai embrassé des étrangers, moi ! moi ! et qui donc a inventé cette calomnie ?

— Gaspard Steinkoff.

— Gaspard Steinkoff a menti, mon père ; mais il n'aurait pas menti en vous faisant connaître quelle fut ma colère et mon indignation quand il eut l'audace de chercher à me séduire.

— Il a osé !... s'écria Hubert rugissant de colère.

— Il a osé, répéta énergiquement la jeune fille.

Puis fondant en larmes, elle ajouta :

— Je lui résistai, je lui échappai, et il me menaça de sa vengeance.

Hubert tint sa fille pressée sur sa poitrine, et, après quelques instants de silence, il dit avec calme, un de ces calmes au fond desquels on devine le sang-froid d'une implacable colère, il dit :

— Que Dieu, s'il pardonne à Gaspard Steinkoff, lui accorde la paix en l'autre monde ! Pour moi je n'aurai plus de paix en celui-ci

avant que je n'aie puni cet infâme... Embrasse-
moi, mon enfant, embrasse ton vieux père qui
t'aime, qui te respecte, qui prie le ciel de veiller
sur ton honneur.

Et maître Hubert Lindsay regagna son poste.

— Robin, demanda aussitôt la jeune fille, où
êtes-vous ?

— Me voilà, Maude, répondit Robin déjà sorti
de sa cachette.

— J'étais perdue si mon père s'était aperçu
de votre présence.

— Non, chère Maude, répliqua le jeune
homme avec une admirable candeur ; j'aurais,
au contraire, témoigné de votre innocence.
Mais dites-moi, quel est donc ce Gaspard
Steinkoff ? L'ai-je déjà vu ?

— Oui ; il surveillait le cachot quand vous
avez été emprisonné pour la première fois.

— C'est donc lui qui nous a surpris quand
nous... causions ?

— Lui-même, reprit Maude qui ne put
s'empêcher de rougir.

— Vous serez vengée alors ; je me souviens de
sa figure, et, quand je le rencontrerai...

— Ne vous occupez pas de cet homme, il n'en
vaut guère la peine ; méprisez-le comme je le
méprise... Lady Christabel désire vous voir ;
mais, avant de vous conduire près d'elle, j'ai
quelque chose à vous dire, Robin... Je suis très
malheureuse... et...

Maude s'arrêta, les sanglots l'étouffaient.

— Encore des larmes ! s'écria affectueusement Robin. Ah ! ne pleurez pas ainsi. Puis-je vous être utile ? Puis-je contribuer à votre bonheur ? Dites-le-moi, et je me mets corps et âme à votre service ; n'hésitez pas à me confier vos peines ; un frère doit se dévouer pour sa sœur, et je suis votre frère.

— Je pleure, Robin, parce que je suis forcée de vivre dans cet horrible château où il n'y a pas d'autres femmes que lady Christabel et moi, excepté les filles de cuisine et de basse-cour ; j'ai été élevée avec milady, et malgré la différence de nos rangs, nous nous aimons comme des sœurs. Je suis la confidente de ses chagrins, je partage aussi ses joies ; mais, en dépit des efforts de cette bonne maîtresse, je comprends, je sens que je ne suis que sa servante, et je n'ose lui demander des conseils et des consolations. Mon père, si bon, si honnête et si brave, ne me protège que de loin, et j'aurais besoin, je l'avoue, d'être protégée de près... Chaque jour les soldats du baron me courtisent... et m'insultent en se méprenant sur la légèreté naturelle de mon caractère, sur ma gaieté, sur mes rires, sur mes chansons... Non, je ne me sens plus la force de supporter cette abominable existence ! Il faut qu'elle change ou que je meure ! Voilà, Robin, ce que j'avais à vous dire, et si lady Christabel quitte le château, je vous prie de m'emmener avec elle.

Le jeune forestier ne put répondre que par une exclamation de surprise.

— Ne me repoussez pas, emmenez-moi, je vous en conjure! reprit Maude d'un ton passionné. Je mourrai, je me tuerai, je veux me tuer si vous franchissez le pont-levis sans moi.

— Vous oubliez, chère Maude, que je ne suis encore qu'un enfant et que je n'ai pas le droit de vous conduire dans la maison de mon père. Mon père vous repousserait peut-être.

— Un enfant! répliqua la jeune fille avec dépit, un enfant qui ce soir buvait à ses amours!

— Vous oubliez aussi votre vieux père qui mourrait de chagrin... Tout à l'heure je l'ai entendu; il vous a bénie, il a juré de punir un calomniateur.

— Il me pardonnera en pensant que j'ai suivi ma maîtresse.

— Mais votre maîtresse peut fuir, elle! Messire Allan Clare est son fiancé.

— Vous avez raison, Robin; moi je ne suis qu'une pauvre abandonnée.

— Il me semble cependant que frère Tuck pourrait vous...

— Oh! c'est mal, très mal ce que vous dites! s'écria Maude avec indignation. J'ai ri, j'ai chanté, j'ai follement causé avec le moine;

mais je suis innocente, entendez-vous, je suis innocente! Mon Dieu! mon Dieu! ils m'accusent tous, je suis pour tous une fille perdue. Ah! je sens que je deviens folle!

Et, la figure voilée de ses deux mains, Maude s'agenouilla en gémissant.

Robin était profondément ému.

— Relevez-vous, dit-il avec douceur. Eh bien! vous fuirez avec milady, vous viendrez chez mon père Gilbert, vous serez sa fille, vous serez ma sœur.

— Dieu vous bénisse, noble cœur! répliqua la jeune fille la tête appuyée sur l'épaule de Robin; je serai votre servante, votre esclave.

— Vous serez ma sœur. Allons, Maude, un sourire maintenant, un joli sourire à la place de ces vilaines larmes.

Maude sourit.

— Le temps presse; conduisez-moi chez lady Christabel.

Maude sourit encore, mais ne bougea pas.

— Eh bien! chère, qu'attendez-vous?

— Rien, rien; partons!

Et ce mot: «Partons!» fut dit entre deux baisers sur les joues empourprées de notre héros.

Lady Christabel attendait avec impatience le messager d'Allan.

— Puis-je compter sur vous, messire ? demanda-t-elle dès que Robin parut dans sa chambre.

— Oui, madame.

— Dieu vous récompensera, messire ; je suis prête.

— Et moi aussi, chère maîtresse ! s'écria Maude. En route ! nous n'avons pas un instant à perdre.

— Nous ! répliqua Christabel étonnée.

— Oui, nous, milady, nous, nous ! riposta la camériste en riant. Croyez-vous donc, madame, que Maude puisse vivre éloignée de sa chère maîtresse ?

— Quoi ! tu consens à m'accompagner ?

— Non seulement j'y consens, mais encore je mourrais de douleur si vous n'y consentiez pas, madame.

— Et je suis du voyage aussi ! s'écria Halbert, qui jusqu'alors s'était tenu à l'écart ; milady me prend à son service. Messire Robin, voici votre arc et vos flèches, dont je m'emparai quand on vous arrêta dans la forêt.

— Merci, Hal, dit Robin. À partir d'aujourd'hui nous sommes amis.

— À la vie, à la mort ! messire, ajouta le jeune gars avec un naïf orgueil.

— En route donc ! s'écria Maude. Hal, passe devant nous, et vous, milady, donnez-moi la main. Maintenant, silence général et complet ;

le moindre chuchotement, le plus petit bruit pourrait nous trahir.

Le château de Nottingham communiquait avec le dehors par d'immenses souterrains dont l'entrée s'ouvrait dans la chapelle et la sortie dans la forêt de Sherwood. Hal les connaissait assez pour pouvoir y servir de guide; le passage de ces souterrains n'était donc pas difficile, mais il fallait d'abord gagner la chapelle; or la porte de la chapelle n'était plus libre comme au commencement de la nuit, le baron Fitz-Alwine venait d'y faire placer une sentinelle; par bonheur pour les fugitifs cette sentinelle avait jugé à propos de monter sa garde en dedans de la chapelle, et, vaincue par la fatigue, elle s'était endormie sur un banc, à l'instar d'un chanoine dans une stalle.

Les quatre jeunes gens pénétrèrent donc dans le saint lieu sans réveiller le soldat et sans même se douter de sa présence, tant l'obscurité était grande; et ils allaient atteindre l'entrée des souterrains lorsque Halbert, qui marchait en avant, se heurta contre un mausolée et tomba lourdement.

— Qui vive! demanda soudain le factionnaire qui se crut pris en flagrant délit de sommeil.

L'écho répéta seul le bruyant «Qui vive!» et ses retentissements prolongés de pilier en pilier et de voûte en voûte masquèrent le bruit des voix et des mouvements des fugitifs. Hal se blottit derrière le tombeau, Robin et Christabel sous l'escalier de la chaire ; Maude seule n'eut pas le temps de se cacher ; la lumière d'une torche éclaira la chapelle, et le factionnaire s'écria :

— Parbleu ! c'est Maude, Maude, la pénitente à frère Tuck ! Sais-tu, ma charmante, que tu as fait trembler la moustache de Gaspard Steinkoff en le réveillant ainsi brusquement pendant qu'il rêvait de tes grâces ? Corps de Dieu ! j'ai cru que le vieux sanglier de Jérusalem, notre aimable seigneur, passait la revue des sentinelles. Mais, vive la joie ! il ronfle, le bonhomme, et la beauté me réveille !

Et, cela disant, le soldat planta sa torche dans un candélabre du lutrin, et s'avança vers Maude les bras ouverts pour lui saisir la taille.

Maude répondit froidement :

— Oui, je viens prier Dieu pour lady Christabel qui est très souffrante ; laissez-moi donc prier, Gaspard Steinkoff.

— Holà ! là ! pensa Robin en mettant silencieusement une flèche à son arc, c'est le calomniateur...

— À plus tard les oraisons, la belle, reprit le soldat dont les mains effleuraient déjà le corsage de la jeune fille ; ne soyons pas farouche et donnons à Gaspard un baiser, deux baisers, trois baisers, beaucoup de baisers.

— Arrière, lâche, insolent! s'écria Maude en reculant elle-même.

Le soldat fit un nouveau pas en avant.

— Arrière, calomniateur, tu as tenté de me faire maudire par mon père pour te venger du mépris avec lequel j'ai repoussé tes odieuses galanteries! Arrière, monstre qui ne respecte même pas la sainteté de ces lieux! Arrière!

— Triple damnation! s'écria Gaspard écumant de rage et saisissant la jeune fille à bras-le-corps; triple damnation! Tes insolences seront punies.

Maude résistait énergiquement et ne doutait pas qu'Halbert et Robin ne vinssent à son secours; mais en même temps elle craignait que le bruit d'une lutte n'attirât l'attention des soldats du poste le plus voisin; elle s'abstenait donc de pousser des cris et répliquait au soldat:

— C'est toi qui seras puni…

Quand une flèche, lancée par une main qui ne manquait jamais son but, traversa le crâne du bandit et le renversa mort sur les dalles du temple. Moins prompt que la flèche, Hal accourait pour défendre sa sœur, mais elle s'était déjà évanouie en murmurant:

— Merci, Robin, merci!…

Les lueurs tremblotantes de la torche éclairèrent d'abord deux corps inanimés et gisant côte à côte sur le sol; l'un restait isolé dans la mort, et près de l'autre des cœurs dévoués attendaient, des yeux amis épiaient les symptômes d'un retour à la vie. Robin puisait l'eau des bénitiers à deux mains et en mouillait doucement les tempes de la jeune fille ; Hal frappait de ses mains dans la paume des siennes, et Christabel lui prodiguait les plus doux noms de l'amitié en invoquant le secours de la Vierge ; tous trois enfin s'efforçaient de ranimer les sens de la pauvre Maude, et ils eussent renoncé à fuir plutôt que de l'abandonner dans cet état. Quelques minutes s'écoulèrent avant que Maude rouvrît les yeux, et ces minutes parurent des siècles ; mais quand ses paupières se dessillèrent, un long regard, le premier, un céleste regard rempli de gratitude et d'amour, s'arrêta sur Robin : un sourire s'échappa de ses lèvres blêmies, des nuances rosées remplacèrent la froide pâleur des joues, sa poitrine se dilata, ses bras se réunirent aux bras tendus pour la soulever de terre, et secouant sa léthargie, elle s'écria la première :

— Partons !

La marche dans le souterrain dura plus d'une grande heure.

— Enfin nous arrivons, dit Hal ; courbez le dos, la porte est basse, et prenez garde aux épines d'une haie qui masque l'issue de ce passage au-dehors ; tournez à gauche ; bien ; suivez le sentier le long de la haie... et maintenant, adieu la torche et vive le clair de lune ! Nous sommes libres !

— Et à mon tour de servir de pilote, dit Robin en s'orientant ; je suis chez moi. La forêt est à moi. Ne craignez rien, mesdames, et au point du jour nous rejoindrons messire Allan Clare.

La petite caravane s'avança lestement à travers les taillis et les futaies, malgré la fatigue des deux jeunes filles. La prudence défendait de suivre les sentiers et de traverser les clairières, où le baron avait sans doute déjà lancé ses limiers ; et, au risque de déchirer les robes et de se meurtrir pieds et jambes, il fallait voyager comme les daims, de fort en fort, de trouée en trouée. Robin paraissait réfléchir profondément depuis quelques minutes, et Maude lui en demanda timidement la cause.

— Chère sœur, dit-il, il faut que nous nous séparions avant le jour ; Halbert va vous accompagner jusque chez mon père, et vous explique-rez au bon vieillard pourquoi je ne suis pas encore de retour de Nottingham ; il est utile et prudent de l'avertir que je conduis sans retard milady auprès de messire Allan Clare.

Les fugitifs se séparèrent donc après de tendres adieux, et Maude dévora ses larmes et étouffa ses sanglots en s'engageant à la suite d'Halbert dans le sentier que lui indiqua Robin.

Lady Christabel et son chevalier, car désor-mais Robin est un vrai chevalier, atteignirent promptement la grande route de Nottingham à Mansfeldwoohaus, et Robin, avant de s'y engager, grimpa sur un arbre, et explora du regard les alentours de l'horizon.

Rien de suspect n'apparut d'abord, et aussi loin que sa vue pouvait porter, la route lui sembla libre ; mais pendant que le jeune homme descendait de son observatoire en se croyant favorisé du sort, il vit poindre au sommet d'une des côtes de la route un cavalier qui s'avançait à franc étrier.

— Blottissez-vous là, milady, là, dans ce fossé, derrière ce buisson à mes pieds, et pour l'amour de Dieu, ne faites pas un mouvement, ne poussez pas le plus petit cri d'effroi.

— Y a-t-il du danger ? Craignez-vous quelque chose, messire ? demanda Christabel en voyant Robin mettre une flèche à son arc et se poster en embuscade derrière un tronc d'arbre.

— Vite, milady, cachez-vous, un cavalier s'avance vers nous, et j'ignore si c'est un ami ou un ennemi... Après tout, si c'est un ennemi, ce n'est jamais qu'un homme, et une flèche bien lancée arrêtera toujours un homme.

Robin n'osait ajouter, de peur d'effrayer encore plus sa compagne, qu'il reconnaissait aux premières lueurs du matin les couleurs du baron Fitz-Alwine sur le pennon du cavalier. Christabel de son côté devinait les intentions hostiles de Robin et aurait voulu pouvoir crier :

« Plus de sang ! plus de mort ! cette liberté nous coûte déjà trop cher ! » mais Robin d'une main tenait son arc et de l'autre lui imposait silence par un geste d'autorité, tandis que le cavalier s'approchait ventre à terre.

— Au nom du Dieu vivant, cachez-vous, milady ! murmura Robin les dents serrées et comme mangeant sa voix : cachez-vous.

Christabel obéit, et, la tête enveloppée dans son manteau, adressa une prière mentale à la Vierge. Cependant le cavalier s'approchait, s'approchait, et Robin, campé derrière l'arbre, l'arc tendu et la flèche à l'œil, le guettait au passage. Le cavalier passa... il passa rapide comme l'éclair... mais, plus rapide encore, une flèche le gagna de vitesse, frôla la hanche du cheval, se glissa obliquement entre son flanc et le coussin de la selle, et lui pénétra dans le ventre jusqu'à l'empennage, et bête et cavalier roulèrent dans la poussière.

— Fuyons, milady ! s'écria Robin, fuyons !

Christabel, plus morte que vive, tremblait de tous ses membres et balbutiait ces mots :

— Il l'a tué ! il l'a tué ! il l'a tué !

— Fuyons, milady, répéta Robin, fuyons, le temps presse !

— Il l'a tué ! balbutiait follement Christabel.

— Mais non, je ne l'ai pas tué, milady.

— Il a poussé un cri horrible, un cri d'agonie !

— Il n'a poussé qu'un cri de surprise.

— Vous dites ?

— Je dis que ce cavalier était lancé à notre recherche, et que nous étions perdus si je n'avais mis son cheval dans l'impossibilité de le porter plus longtemps. Marchons, milady ; vous me comprendrez mieux quand vous ne tremblerez plus. Il n'a pas même une égratignure, milady ; mais son pauvre cheval vient de battre son dernier temps de galop. Ce cavalier avait trop d'avantages sur nous ; il pouvait aller de Mansfeldwoohaus à Nottingham et en revenir avant que nous ayons quitté cette route ; il était donc urgent d'arrêter sa fougue. Maintenant les chances sont égales entre nous : que dis-je ? les nôtres sont supérieures ; il est à pied, et nous sommes à pied, c'est vrai, mais nos pieds sont agiles et sans entraves, tandis que les siens ne le sont pas. Courage, milady, nous serons loin d'ici quand ce messire cavalier aura pu se dégager de dessous son courtaud et se mettre en route avec ses grosses bottes, qui ne sont plus bottes de sept lieues. Courage, milady, Allan Clare n'est pas loin, courage !